AF280670

# Auszeit vom Leben

Mercedes Schmidt

Bibliografische Information der Deutschen Nationalbibliothek:
Die Deutsche Nationalbibliothek verzeichnet diese Publikation
in der Deutschen Nationalbibliografie; detaillierte
bibliografische Daten sind im Internet über http://dnb.dnb.de
abrufbar.

© 2023 Mercedes Schmidt

Herstellung und Verlag: BoD – Books on Demand,
Norderstedt

ISBN: 978-3-7578-4744-9

Für meine Eltern

<u>**Einen wunderschönen guten Morgen und willkommen an Tag eins deines neuen Lebens!!!**</u>

Diese Nachricht empfing mich am Morgen kurz nach dem Aufwachen von meiner besten Freundin. Die Freundin, die in jeder Lebenslage und zu jedem Anlass die richtigen Worte findet, den richtigen Rat gibt und die immer bei jedem wichtigen Schritt wohlwollend und bestärkend an meiner Seite steht. Der Tag fing bei mir mit einem fetten Grinsen an. Obwohl ich gestehen muss, dass ich jetzt – eine Woche später – immer noch nicht begriffen habe, dass mein neues Leben begonnen oder sich überhaupt etwas geändert hat. Bis jetzt fühlt es sich für mich so an, als sei ich im Urlaub, was nichts Besonderes ist. Ich bin gespannt, ob sich das bei meiner nächsten Station ändert; ich bin auf dem Weg dorthin, und ob bzw. wann ich verstehen werde, was ich vor etwas mehr als drei Monaten beschlossen und in die Tat umgesetzt habe: den Beginn meines neuen Lebens.

Ich habe vor drei Monaten etwas ziemlich Verrücktes getan – oder für mich ziemlich Untypisches. Ich habe meinen sicheren, hoch dotierten Job als Teamleiterin im Financebereich einer Immobiliengesellschaft gekündigt, ohne einen neuen Job in Aussicht zu haben. Das war der

Plan. Das heißt, dass es keinen weiteren Plan gab. Ich wollte einfach aus diesem Job raus und das schon seit vielen Jahren, doch hatte ich bislang nie den Absprung geschafft. Es gab immer einen – für mich validen – Grund, warum nie der richtige Zeitpunkt war, zu kündigen, ohne die Firma oder das Team im Stich zu lassen. Jetzt war endlich ein Zeitpunkt gekommen, an dem ich mit guten Gewissen kündigen konnte, zudem wollte ich auf keinen Fall zum Jahresabschluss immer noch in dieser Firma sein, weil zu dieser Zeit immer das meiste Arbeitspensum anfällt, das mit vielen Überstunden verbunden ist. Und die unzähligen nicht anrechenbaren Überstunden waren ein Hauptgrund für mich, diese Firma zu verlassen. Wenn ich mit der Kündigung gewartet hätte, bis ich einen neuen Job gefunden hätte, wäre ich zum heutigen Zeitpunkt mit ziemlicher Sicherheit immer noch dort. Mit dem hohen Arbeitspensum der letzten Jahre war es sehr schwierig, in der Freizeit die Muse zu finden, sich (wieder) an den Rechner zu setzen und Zeit für Jobsuche und das Schreiben von Bewerbungen zu investieren. Also habe ich letzten Sommer ganz spontan und unschuldig eine Freundin beim Feiern gefragt, was sie denn davon halten würde, wenn ich einfach kündige und erst nach der

Kündigung mit der Jobsuche anfinge. Dann hätte ich ja auch mehr Zeit dafür. Nach dem überraschenderweise positiven Zuspruch meiner Freundin wurde dieser Gedanke immer stärker, ja, ich verliebte mich regelrecht in diesen Gedanken – und bis zur tatsächlichen Umsetzung vergingen lediglich ein paar Wochen. In den darauffolgenden Wochen verfestigte sich der weitere Gedanke, dass es Quatsch wäre, sich gleich in den nächsten Job zu stürzen und wieder mehr als 100 Prozent zu geben, ohne eine Verschnaufpause zu haben, außerdem könnte ich diese Gelegenheit zu einer Auszeit nutzen. Und das war es. In diesen Gedanken verliebte ich mich genauso schnell, und nun stehe ich am Beginn meiner Reise und meiner selbst erwählten mindestens dreimonatigen Auszeit aus meinem ernsthaften, vernünftigen, seriösen Erwachsenenleben.

Es ist immer noch so surreal, auch weil es tatsächlich sehr untypisch für mich ist. Normalerweise bin ich eher der sicherheitsbedachte Typ, der die Gewissheit eines regelmäßigen Geldeingangs auf dem Konto braucht, um die Miete in den kommenden Monaten zahlen zu können. Einer sicheren Zukunftsplanung. Mit einem sehr geradlinigen und karriereorientierten Lebenslauf. Eher risikoscheu. So würde ich mich auf jeden Fall im ersten

Moment einschätzen, wenn mich jemand fragt. Aber ist das wirklich so untypisch für mich? Immerhin war ich während der Unizeit für ein Jahr eigenständig im Auslandsstudium in Sevilla gewesen und für ein weiteres halbes Jahr für ein selbstorganisiertes Praktikum in Mexiko-Stadt. Das spricht nicht gerade für eine biedere Buchhalterin, die jedes Risiko scheut. Zudem habe ich das schon einmal gemacht. Nach meinem ersten Job in einer der vier großen Wirtschafsprüfungsgesellschaften habe ich ebenfalls nach drei Jahren das Handtuch geworfen, ohne etwas Neues in Aussicht zu haben. Das hatte ich allerdings damals so gerechtfertigt, dass ich nur zu drei Terminen im Jahr vertraglich kündigen konnte und sonst noch ein weiteres halbes Jahr „verloren" hätte. Zudem standen die Jobchancen für mich nach diesen drei Jahren ziemlich gut. Trotzdem ging mir damals der Arsch auf Grundeis, als ich nach einem Monat der Kündigung immer noch keinen Job hatte, und wollte das nie, nie wieder machen. Obwohl ich dann doch noch etwas gefunden habe. Aber jetzt, mit entsprechender Berufserfahrung und gestiegenen eigenen Wünschen und Ansprüchen, dürfte es schwieriger werden, etwas Passendes zu finden.

Ich muss aber auch dazu sagen, dass ich bisher in meinem Leben immer im Großen und Ganzen vom Glück geküsst worden bin. Okay, ich habe auch viel dafür gemacht und mir selbst erarbeitet (würde meine beste Freundin jetzt einwerfen, die mir zum Neustart meines Lebens gratuliert hat), aber bis jetzt lief tatsächlich immer alles gut und eigentlich so, wie ich es wollte. Deshalb habe ich auf eine bestimmte Art und Weise eine Art Grundvertrauen, in mich, in das Leben und dass alles irgendwann gut wird. Dazu kommt mir der Spruch meiner Schwester in den Sinn, die schon so oft zu mir gesagt hat: „Dir scheint auch schon wieder die Sonne aus dem Arsch." Ich muss jedes Mal lachen, wenn ich daran denke. Und meine beste Freundin, die dann immer sagt, dass ich mit so einer selbstbewussten Naivität durch Leben gehe, dass mir auf meinem Weg nie etwas Schlimmes passieren wird. Das hatte sie mir vor meinem Aufenthalt in Mexiko-Stadt mitgegeben, dass sie sich bei mir keine Gedanken machte, es würde schon alles gut gehen. Das kommt zum Teil wahrscheinlich daher, dass wir in einer wohlbehüteten Kleinstadt aufgewachsen sind, denke ich dann immer, wo nie etwas Böses oder Kriminelles passiert ist, jedenfalls nicht so, dass ich es in Erinnerung behalten hätte. Das ist mir am Anfang meiner Zeit in Frankfurt extrem aufgefallen. Meine Freunde haben mich immer schockiert angeschaut, als sie erfahren haben, dass ich zum Beispiel im Rotlichtviertel allein nachts unterwegs war und Leute nach einer Hausnummer gefragt habe, die ich nicht finden konnte, weil dort eine Party steigen sollte. Aber auch da ist nichts passiert. Ich denke tatsächlich, dass meine Freundin mit der Ausstrahlung der selbstbewussten Naivität recht hat.

Ich habe mich oft gefragt, woher dieses Grundvertrauen, dass alles gut wird, kommt und ob ich tatsächlich naiv bin. Und zwar naiv auf eine dumme unverantwortliche Art und Weise. Das denke ich aber eigentlich nicht, denn ich bin relativ reflektiert und würde mich nicht als megaunvernünftig bezeichnen. Ich denke, dass ich das Grundvertrauen vor allem meiner Familie und meinen Freunden zu verdanken habe. Es ist ein wahnsinniges tröstendes und Sicherheit spendendes Gefühl, dass ich nicht allein bin, ich immer Zuflucht habe, es immer Menschen um mich gibt, die mich lieben und unterstützen, egal, was ich tue, und die an meiner Seite stehen.

Das hat sich jetzt mit meiner Kündigung und Auszeit wieder bestätigt. Ich habe es allen nach und nach erzählt, von Familie über Freunde und Bekannte. Man könnte meinen, dass sich irgendwo eine kritische Stimme zu Wort melden würde, nach dem Motto „hast du dir das gut überlegt? Willst du nicht erst einen neuen Job suchen? Bist du dir sicher, dass du es so bla bla bla …?", aber nichts dergleichen. Die kritischste Stimme kam von meinem Bruder, der nur trocken meinte: „Wenn es funktioniert, war es ein guter Plan." Jeder, der meinen Bruder kennt, würde jetzt mit mir lachen. Dafür liebe ich ihn, er ist zwar einfach ein anders gestrickter Typ als ich, aber er wäre trotzdem jederzeit für mich da, wenn ich mir aufgrund meiner selbstverschuldeten Arbeitslosigkeit kein Brot mehr leisten könnte. Sonst NICHTS. Alle waren von der Idee sofort begeistert, konnten meine Beweggründe und Vorgehensweise komplett verstehen und finden es gut, dass ich das mache. Unfassbar. Sogar meine Mutter war von Anfang an damit einverstanden und meinte nur, bei allen anderen würde sie sich Sorgen machen, doch bei mir wüsste sie, dass alles gut gehen würde. Und ich hätte es mir verdient. Wahnsinn. Wie kann man mit so einer tollen Familie und so tollen Freunden nicht absolut naiv und optimistisch durchs Leben gehen?

Ich muss dazu sagen, dass ich diese tolle Unterstützung von allen Seiten bereits im letzten Jahr erfahren habe. Die Kündigung meines Jobs und die Planung der Auszeit ist tatsächlich mein zweiter gefühlter Ausraster, der Erste war bereits im letzten Jahr, als ich mich nach neun Jahren Beziehung und lediglich vier traurigen Ehejahren von meinem Mann getrennt habe. Meine Familie und Freunde wussten, dass ich bereits lange nicht mehr glücklich war, weil wir uns einfach in verschiedene Richtungen entwickelt hatten, dass ich vieles getan habe, um die Beziehung zu retten und sie erst aufgegeben habe, als ich mir sehr sicher war, dass wir auch nicht mehr zusammen glücklich werden konnten. Und ich (allein) nichts mehr hätte machen können, um das zu ändern. Die Entscheidung hat sehr lange gedauert, war dann aber wohlüberlegt und nicht mehr umkehrbar. Und deshalb wurden mir auch hier von Anfang an keine wohlgemeinten, aber fehlgeleiteten Ratschläge und Zweifel mitgeteilt, sondern nur pures Verständnis, Zuspruch und Unterstützung. Seit der Trennung geht es mir so gut wie schon lange nicht mehr, und ich fühle mich wie ein neuer Mensch. Es war die richtige Entscheidung. Es war, als wäre auf einmal ein riesengroßer Haufen konstanter Negativität und schwerer Ballast von mir gefallen, und ich habe mich wieder frei und glücklich gefühlt. Bis auf die Arbeit. Die neuesten Ereignisse sind also die Fortsetzung meiner selbst gewählten Lebensoptimierung.

Zurück zu meinen Reiseplänen. Die tatsächlich auch erst in den letzten Wochen Gestalt angenommen haben. Weil ich mich nicht für ein Reiseziel entscheiden konnte – und auch nicht der Typ bin, der mit einem Rucksack drei Monate allein auf Tour ist, vor allem nicht mit der aktuellen Coronapandemie –, begebe ich mich auf verschiedene Stationen. Ich fange an, meinen Papa und seine Frau eine Woche lang in Stettin zu besuchen. Danach bin ich in der Nähe von Wien, wo ich zwei Wochen eine Detox-Wellness-Wander-Kur in einem Resort nur für Frauen machen werde. Anschließend fliege ich von Wien auf die Galapagosinseln, wo ich mich in einem Freiwilligenprogramm um Riesenschildkröten kümmern werde (das hatte ich am Anfang meiner Überlegungen immer als Witz gesagt, als Beispiel dafür, was ich gern als Work & Travel unternehmen würde, und jetzt mache ich das tatsächlich!). Auf dem Rückflug werde ich ein paar Tage in Quito verbringen, um dann am 23. Dezember, einen Tag vor Weihnachten, nach Cancún zu fliegen. Dort werde ich bei Playa del Carmen für die nächsten fünf Wochen mit meiner Schwester, ihrem Freund und meinem Neffen die Seele baumen lassen, weil sie dort ihre gemeinsame Elternzeit verbringen. Einziges aktives To-do dort ist der Tauchschein, den ich schon so lange machen wollte und mich nie getraut habe. Das ist der aktuelle Plan. Freunde von mir wetten, dass ich nicht mehr zurückkommen werde, weil ich in Mexiko einen heißen Latino kennenlerne und noch mal komplett ausraste, aber davon bin ich noch nicht so überzeugt. Wie könnte ich denn ohne Frankfurt, ohne meine Freunde und Familie in meiner Nähe glücklich sein? Aber wie dem auch sei, ich werde euch auf dem Laufenden halten …

Das Beste daran ist, dass ich mich auf jedes einzelne Ziel so unbändig freue! Und mittlerweile auch sicher bin, dass die Reihenfolge der einzelnen Stationen passt. Am Anfang dachte ich noch, wie bescheuert es ist, zuerst Detox zu machen, vor Mexiko, wo ich mich mit Tacos und Queso Fundido vollessen und jeden Tag Tequila trinken werde?!? Oder wie bescheuert, den Tauchschein nicht schon auf den Galapagosinseln zu haben, wo anscheinend einer der besten Tauchspots der Welt sein soll? Ja, perfekt wäre wahrscheinlich anders, andererseits habe ich jetzt schon öfter gelesen, dass der

Tauchspot auf den Galapagosinseln aufgrund der starken Strömung nicht für Anfänger geeignet sei. Zudem bin ich ganz froh, dass ich am Anfang die Entschleunigung und Entspannung durch Familienurlaub und Wellness habe und nicht an Tag eins bereits nach Ecuador fliege. Die letzten Tage in Frankfurt waren durch die Beendigung meiner Arbeit, die Übergaben sowie die Verabschiedung, die Organisation der Zwischenmiete und halbe Leerräumung meiner Wohnung, dem Packen und meinem Geburtstag mit Besuch und Verabschiedung von Freunden mit Feiern doch ziemlich anstrengend, und gleich mit einem Langstreckenflug in ein komplett unbekanntes Terrain zu starten, wäre jetzt für mich gefühlt zu stressig gewesen. Deshalb ist alles gut so, wie es ist.

Ja, das Packen. Eigentlich war das mit das Lustigste und Nervigste von allem vor der Auszeit und muss auf jeden Fall erzählt werden. Schon allein um ein Beispiel für nachfolgende Generationen zu geben, wie man das am Besten auf keinen Fall machen sollte. Und hier schließt sich wieder der Kreis meiner angeblichen Naivität. Ich würde mich im Großen und Ganzen als planvoll bzw. vorbereitet bezeichnen. Umso mehr habe ich mich – am Ende – über meine eigene Planlosigkeit gewundert, was das Packen für mein Drei-Monats-Sabbatical angeht. Als der grobe Plan mit den Stationen stand, habe ich nach dem Wetter gegoogelt, und es ist bei mir Sommer im Gedächtnis geblieben, zumindest in Ecuador, Galapagos und Mexiko. Das genaue Wetter habe ich dann bis zum Tag des Packens nicht mehr genauer recherchiert – warum auch? Beim Packen braucht man ja meines Erachtens erst die Information, was genau man einpacken muss, normale T-Shirts oder Longsleeves etc. Das hat auf jeden Fall zu sehr viel Amüsement bei meinen Freundinnen gesorgt. Auch, dass ich auf keine ihrer Fragen antworten konnte (Wie ist das Wetter auf dem Vulkan in Quito?, Wusstest du, dass man da wegen der Höhe Schal und Mütze braucht?, Gibt es auf den Galapagosinseln schon Schnorchelausrüstung zum Ausleihen oder musst du das mitnehmen?, Wie willst du das mit den Hygieneartikeln machen?). Ich war bereits sehr stolz auf mich, dass ich am letzten Samstag meines Aufenthalts in Frankfurt in der Innenstadt war und mir Basics gekauft habe (T-Shirts, Shorts, schwarze Turnschuhe, Leggings etc.). Unglaublich, aber ich habe tatsächlich keine Basic-Teile zu Hause gehabt, meine Kleidung ist sonst eigentlich eher schick, wegen Arbeit und Ausgehen vor allem. Ich würde in der Freizeit normalerweise keine Basic-Klamotten tragen. Ich war schon sehr stolz auf mich, als ich vor anderthalb Jahren – als ich schon einmal einen Detox-Wander-Wellness-Urlaub in Österreich geplant hatte, der coronabedingt erst verschoben und dann storniert wurde – zum ersten Mal in einen Globetrotter gegangen bin und mich für 500 EUR mit funktionaler Wanderkleidung eingedeckt habe (Wanderschuhe, Wandersocken, Wanderhose, Rucksack für Tagesausflüge, Wanderpulli, Longsleeves, warme Leggings etc). Ich hatte nichts davon in meinem Besitz, und sogar da war ich schon 40 Jahre alt. Mein Bruder veräppelt mich immer noch wegen der 500 EUR. Auf jeden Fall haben mir meine Freundinnen an meinem letzten Wochenende – an dem auch noch mein Geburtstag war – sehr viele funktionale Sachen für meine Reise geschenkt, anhand derer mir erst einmal aufgefallen ist, woran ich alles nicht gedacht hatte und wie unvorbereitet ich eigentlich war. Verschiedene Behälter für Reiseutensilien, eine kleiner Reisebehälter mit Kabelbindern, schnell trocknende Reisehandtücher, eine batteriebetriebene Stirnlampe, Brustbeutel, eine wasserfeste Handytasche fürs Meer etc. Den Reiserucksack habe ich von einer Freundin geliehen, ich besitze nur Koffer in allen Größen. Wir haben uns beim Geschenkeauspacken kaputtgelacht.

Meine Schwester blieb bis zum nächsten Morgen, um mir beim Packen zu helfen. Ich wollte ihr einen Gefallen tun, dass sie noch eine Nacht länger bleiben konnte, weil es ihr erstes Wochenende ohne Baby war, aber am Ende war es genau anders herum, und ich wäre ohne sie aufgeschmissen gewesen. Ohne ihre Hilfe hätte ich wahrscheinlich immer noch nicht fertig gepackt. Sie konnte mir unglaublich mit ihrer Expertise helfen, weil sie zwei Jahre zuvor ein Sechs-Monats-Sabbatical mit ihrem Freund unternommen hatte und deshalb wusste, worauf man beim Packen und Reisen achten muss und wo man reduzieren kann. Ich hatte alles aufgetürmt, was ich mitnehmen wollte, davon hat sie 2/3 gekürzt, und wir haben trotzdem gerade so alles in den Rucksack reinquetschen können. Beim Packen haben wir um jedes einzelne Teil diskutiert und verhandelt. Ich kann mir einfach nicht vorstellen, wie ich mit nur drei (!) langen Hosen und ebenfalls nur drei (!) kurzen Hosen drei Monate überleben soll. In Stettin, Österreich und Ecuador brauche ich wahrscheinlich nur lange Hosen, auf den Galapagosinseln und Mexiko nur kurze Hosen, das heißt, ich habe nur zwei Wechselsachen dabei? Mit

Weggehklamotten und schicken Schuhen will ich gar nicht anfangen. Ich habe mich schon damit abgefunden, dass ich in den nächsten drei Monaten ungeschminkt und sehr natürlich aussehen werde, es wird definitiv wenig schöne Selfies geben – also doch mehr Fotos von den Schildkröten. Aber sogar bei meiner Nasenspray- und Labellosucht wurde ich nicht unterstützt, mir wurden nur zwei von drei Labellos erlaubt. Was im Nachhinein nicht schlimm ist, denn ich habe mir bei meiner ersten Station in Stettin als eine der ersten Amtshandlungen einen weiteren Labello gekauft – sicher ist sicher.

Letztlich haben wir es nach zahllosen Diskussions- und Augenrollmomenten meiner Schwester geschafft, fertig zu packen, und drei Monate meines Lebens haben in einem Rucksack Platz gefunden.

Es kann losgehen.

# 1. Station: Stettin

In Stettin habe ich meinen Papa und seine Frau besucht. Wie nennt man eigentlich die neue Frau seines Vaters, wenn die eigene Mutter lebt? Dann ist sie ja nicht die Stiefmutter. Das habe ich mich schon immer gefragt. Wenn ich etwas erzähle, sage ich immer „die neue Frau von meinem Papa", was megaumständlich ist, außerdem ist sie auch nicht neu, aber es gibt hierfür tatsächlich keinen Begriff, oder? Hauptsächlich coronabedingt war es tatsächlich schon sehr lange her, dass ich bei den beiden zu Besuch war, das letzte Mal im Sommer 2020, also vor anderthalb Jahren. Die Zeit war sehr schön, und die Woche ist verflogen. In Stettin unternehmen wir meistens nichts, es gibt Tage, da wird das Haus nicht verlassen. Einziger Tagesordnungspunkt ist höchstens mal ein kurzer Ausflug zum Einkaufszentrum inklusive Kaffeetrinken, Dauer: anderthalb Stunden maximal oder ein kurzer Ausflug nach Löcknitz, um Rezepte zu holen und einzukaufen, Dauer: zwei Stunden maximal. Ideal für den Urlaubsstart, als erste Station, und ideal zum Entschleunigen. Diese Denkweise war nicht immer so. Bis vor zwei Jahren noch haben mich die Urlaube in Stettin mental so angestrengt, dass ich mir eigentlich geschworen hatte, nicht mehr allein hinzufahren, sondern nur noch mit meinem Bruder oder meiner Schwester, um zumindest eine Person zu haben, mit der man eine normale Unterhaltung führen kann. Das hört sich jetzt gemein an und ist es wahrscheinlich auch, aber es ist auch die Wahrheit. Mein Papa leidet an Demenz, die schon ziemlich fortgeschritten ist. Er erkennt mich noch, aber manchmal bin ich mir nicht sicher, ob er noch sagen könnte, dass ich seine Tochter bin oder wie ich heiße. Meinen Spitznamen, den er immer für mich hatte, bekommt er auf jeden Fall nicht mehr hin. Und dass er mittlerweile drei Enkel hat (von meiner Schwester und meinem Bruder) auch nicht. Und ich bin absolut nicht damit einverstanden, wie sie leben bzw. wie ihr Leben ist, das sie sich eingerichtet haben, was meines Erachtens in den letzten Jahren seine Krankheit verschlimmert hat. Die beiden haben diesen Monat ihren 20. Hochzeitstag, und man hätte spätestens vor zehn Jahren anfangen müssen, sich Gedanken zu machen, als mein Papa merklich älter wurde. Zum Beispiel, dass er irgendwann kein Auto mehr fahren kann (was er schon seit zwei Jahren nicht mehr kann) und sie aber nie einen Führerschein gemacht hat. Alle seine Ärzte sind in Deutschland, was bedeutet, dass sie auf Mobilität angewiesen sind, und sie werden bislang jede Woche von der Nachbarin zu den Ärzten gefahren. Maximale Abhängigkeit. Oder dass sie ihm schon seit Jahren die Kleidung zum Anziehen rauslegt, sodass er noch nicht mal, als er noch geistig fitter war, genau wusste, wo seine Socken und Unterhosen sind (welcher erwachsene Mann weiß denn nicht, wo seine Socken sind?!) Genauso mit den Teebeuteln oder dem Kaffeepulver. Gekocht hat er bereits seit Jahren nicht mehr. Polnische Frauen sind dafür bekannt, dass sie den Mann sehr umsorgen, und das trifft hier eben auch zu. Aber so, dass der Mann alle Selbstständigkeit verliert. Die einzige Aktivität ist spazieren gehen, was sie auch nicht regelmäßig machen (in Stettin ist meistens schlechtes Wetter, zumindest immer, wenn ich da bin), was für mich der Grund ist, warum er immer weniger körperlich fit ist. Und dadurch, dass die neue Frau meines Papas sich mit ihrer Familie auf Polnisch unterhält, ihr Deutsch mit den Jahren immer schlechter wird und deshalb keine tiefgreifenden Gespräche stattfinden, hat Papa schon seit Jahren im Alltag immer mehr abgeschaltet, sich nicht mehr an Gesprächen beteiligt und ganz oft sein Hörgerät ausgeschaltet gelassen - die polnische Familie spricht immer sehr laut und aggressiv und alle durcheinander.

Er schaut brav das polnische Fernsehen mit, obwohl er kein Wort versteht und wahrscheinlich auch abschaltet. Papa hat so merklich abgebaut, dass es mich wieder etwas erschreckt hat. Das Kartenspiel Uno für Kinder ab 7 Jahren bekommt er nicht mehr hin, man muss ihm immer sagen, wo sein Platz beim Esstisch ist (obwohl er da viermal am Tag jeden Tag Platz nimmt), beim Tragen von Sachen von A nach B vergisst er dreimal, wo er hinwollte, und er bekommt es nicht mehr hin, sich allein ein Brot zu schmieren. Für die einfache Tatsache, dass beim Brot zuerst die Butter kommt und was dann die Optionen sind, hat er keine Kapazität mehr, sodass er immer wie konsterniert vor seinem Teller sitzt und seine Frau fragt, was er jetzt machen muss. Sie hat ihm auch vorher jahrelang die Brote geschmiert. Fast witzig war, als er sich einmal einen Marmeladenberg auf seinen Teller getan und diesen bereits angefangen hat, mit einem Löffel in sich hineinzuschaufeln, als seine Frau und ich die letzten Sachen aus der Küche hereingetragen haben. Ohne Brot. Und ohne Butter. Mir fällt gerade ein, wer eigentlich wem vorschreiben soll, was wie gegessen wird? Vielleicht will er das ja genau so und dann ist es auch in Ordnung.

Ja, das war ihre gemeinsame Entscheidung, alles hat darauf hingedeutet, dass es so werden wird, niemand hat etwas unternommen und jetzt ist es so. Nachdem ich bei meinem letzten Besuch einen unglaublichen Streit mit seiner neuen Frau hatte, der mir im Nachgang auch sehr leid getan hat, habe ich für mich beschlossen, es zu lassen. Einfach zu lassen. Entspannt zu sein. Es ist nicht mein Leben, ich muss mich im Alltag nicht um ihn kümmern, ich muss es nicht ausbaden, und ich habe auch ehrlich gesagt kein Recht (das sehe ich ein), mich in ihr Leben einzumischen, weil ich wirklich weit weg bin. Und Papa ist zufrieden, und die beiden lieben sich, was man wirklich merkt. Sie kümmert sich sehr gut um ihn und beide sind in ihrer kleinen Welt zufrieden. Das respektiere ich jetzt. Auch, dass keine großen Gespräche mehr stattfinden können, dass beide weder wissen, was ich beruflich mache und dass die Tatsache, dass der 100. Nachwuchs letzten Samstag einen Pups gemacht hat, interessanter ist als mein Drei-Monats-Sabbatical. Ohmmmmm. Seitdem ich alles akzeptiere und absolut keine Erwartungshaltung mehr habe, kann ich meinen Aufenthalt wieder genießen. Und seine Frau ist auch wirklich bemüht und eine tolle Gastgeberin. Ich komme auf jeden Fall immer mit mehr Gepäck zurück als bei der

Anreise. Die Zeit war sehr schön, und, sind wir mal ehrlich, es geht doch darum, gemeinsam Zeit zu verbringen. So lange wir noch Zeit haben. Die gemeinsame Zeit, auch einfach beim Gammeln auf der Couch, beim gemeinsamen Lesen im Wohnzimmer, genieße ich, sie ist wertvoll für mich geworden. Das war wirklich schön.

## 2. Station Detox, Wandern und Wellness in Gars am Kamp

<u>Anreise und Tag 1</u>

Diese Reihenfolge war schon einmal gut. Zwei Wochen detoxen nach gefühlt einer Woche sehr viel essen und rein gar nichts tun. Im Hotel angekommen, habe ich meinen Detoxplan für die nächsten zwei Wochen mit allen möglichen Behandlungen und zusätzlich einen Ausdruck des freiwilligen Aktivprogramms für diese Woche bekommen. Ich musste schmunzeln, weil ich auf einer Ayurvedakur in Bali, die ich vor zwei Jahren gemacht hatte, auch schon einen „Stundenplan" bekommen hatte, und noch wusste, wie durchgetaktet mir das vorkam und wie gefühlt wenig freie Zeit man nur für sich selbst hatte. Dabei waren ja alle Behandlungen und Aktivitäten genau dafür da – für einen selbst. Ich las die Pläne durch und hatte schon so eine unglaubliche Lust auf jeden einzelnen Programmpunkt – ich freute mich!

Weil ich abends ankam, ging es gleich zum Abendessen. Das Witzige ist, dass es tatsächlich ein Resort nur für Frauen ist – alle Behandlungen, der Wellnessbereich etc. sind nur für Frauen. Beim ersten Blick ins Restaurant, die

Hotellobby und die anderen gemeinsamen Aufenthaltsräume war mir klar: Ich werde die nächsten zwei Wochen nur im Bademantel oder in Joggingklamotten rumlaufen. Keine Schminke, und der Messy Bun wird mein ständiger Begleiter sein. Geil. Ganz anders als zu Hause, wo man sich täglich für die Arbeit schminkt und am Wochenende natürlich immer aufstylt. Irgendwie entspannte mich dieser Gedanke.

Beim Essen wird man durch das Restaurant geführt, in dem auch Gäste von außerhalb (allerdings auch nur Frauen) und „normale" Hotelgäste, die kein Detox machen, sitzen. Das ist tatsächlich ziemlich fies, weil es für die anderen Gäste ein Buffet mit allen leckeren Köstlichkeiten gibt und ich aber an einen Tisch am Ende des Restaurants geführt wurde, auf dem ein großes Schild mit der Aufschrift „Detoxtisch" steht und alle Detoxgäste hier gemeinsam Platz nehmen. Beim ersten Mal habe ich mich etwas bloßgestellt gefühlt, denn alle anderen Gäste wissen sofort, was man hier macht, und während sie genüsslich ihren Wein trinken und ihr Steak essen, bekommen wir eine Gemüsesuppe. Ohne Wein. Und mit gezwungener Unterhaltung mit den anderen Detoxfrauen. Aber man gewöhnt sich daran, vor allem, weil es neben unserem Tisch noch einen F.-X.-Mayr-

Tisch gibt, und während ich das moderate Fasten mit lediglich kohlenhydrat- und kalorienreduzierter Ernährung, aber trotzdem fester Nahrung praktiziere, bekommen diese Damen für die Dauer ihres Aufenthaltes nur Flüssiges als Nahrungszufuhr. Wie immer im Leben gilt es auch hier, dass alles relativ ist, man darf nur nicht am schlimmsten Tisch sitzen, den Rest kann man ertragen. Spaß beiseite, alles halb so schlimm, weil ich mich auf Detox eingestellt habe, habe ich Gott sei Dank gar nicht das Bedürfnis, viel mehr zu essen, und es ist vollkommen okay. So weit der Stand am ersten Detoxtag, mal schauen, wie es in den nächsten Tagen mit meiner Stimmung und Verfassung aussieht.

Obwohl wir heute beim Abendessen einen kleinen Härtefall hatten, weil sich eine andere Detoxlady an unseren Tisch gesetzt, Wein und ein normales Vier-Gänge-Menü inklusive Steak bestellt und dann ganz dumm gefragt hat, ob es uns was ausmache, dass sie hier sitze. Normal detoxt sie ja auch, aber sie hatte mittags anscheinend einen Schwächeanfall mit Notfalleinsatz und braucht dann doch was Richtiges. Hallo?! Natürlich macht es mir was aus. Weil es aus Prinzip respektlos ist, warum setzt du dich denn dann nicht woanders hin? Das gehört zu den Sachen, die ich definitiv nie machen würde. Ich würde mich – aus Respekt und Höflichkeit – einfach an einen anderen Tisch setzen. Leider verbot es mir meine Höflichkeit auch, ihr genau das zu sagen. Mann, ich muss auch mal an mir arbeiten und viel öfter den Mund aufmachen. Also klar, kein Problem. Die Frau hatte ich dann eh gefressen. Erstens muss ich mir von einer fremden Frau ihre körperlichen Beschwerden im Detail anhören, und dann sitzt sie noch genau vor mir und schlürft ihren Wein. Wein würde ich übrigens auch unbedingt trinken, wenn ich mittags einen Schwächeanfall wegen Kreislauf mit Notfalleinsatz hatte. Ich bin ja wirklich nicht die vernünftigste Person, aber sogar da würde ich den Wein mal sein lassen. Dann ist sie noch eine der Menschen, die super gerne Monologe halten, reinquatschen, wenn mal tatsächlich jemand anderes was sagt, und zu allen Themen eine ausführliche und ausschweifende Meinung haben. Also, meine Freunde würden bescheinigen, dass ich mich eigentlich mit jedem Menschen verstehe. Mir wurde schon oft gesagt „Du magst ja eh jeden!". Und zu 99,9 Prozent stimmt das auch. Ich bin erst mal jedem gegenüber positiv eingestellt und unterhalte mich mit jedem, und dann muss schon eine ziemliche Eigenart da sein, damit ich jemanden abstemple und nicht mehr mag. Aber diese Frau hat es tatsächlich zu den 0,1 Prozent geschafft, und das habe ich in der ersten Sekunde gemerkt. Und dann kann selbst ich nicht mehr nett und höflich sein. Das kommt wahrscheinlich nur einmal alle Schaltjahre vor. Ein Teil meiner Freunde kennt mich so gar nicht. Ich werde mich zumindest jetzt immer an das andere Ende des Detoxtisches setzen, wenn ich sie sehe. Und sie sich auch, dafür hat man mir meine Gedanken zu ihr zu deutlich angemerkt. Nicht so ohne, dieser Detoxtisch.

Ansonsten war der erste Tag klasse, und ich habe gefühlt viel und nichts unternommen, und die Zeit ist einfach nur gerast. Kurzer beispielhafter Ablauf meines Tages heute, der sich nicht eklatant von den kommenden Tagen in den nächsten zwei Wochen unterscheiden wird:

08:30 – 08:50 Uhr: ärztliche Ordination (Erstgespräch und Einführung)

09:00 – 09:30 Uhr: Frühstück, Hirsebrei mit Mandelmilch

10:10 – 10:35 Uhr: Entspannungsübung/Meditation (freiwillig aus dem Aktivprogramm)

11:00 – 11:40 Uhr: Po-Attacke (kein Witz und auch

freiwillig aus dem Aktivprogramm)

12:30 – 13:00 Uhr: Mittagessen, Suppe, Salat und drei Kartoffel/ Karottenlaibchen mit Kräuterdip

13:35 – 14:25 Uhr: Detoxmassage

14:50 – 15:20 Uhr: Meersalz-Traubenkern-Ganzkörperpeeling

18:00 – 18:30 Uhr: Abendessen, Gemüsecremesuppe


Seht ihr jetzt, wie stressig das ist und wie wenig Freizeit man hat? Ich muss wirklich darauf achten, mich auch zu erholen zwischendurch mal.

Okay, zwischen dem Peeling und der Gemüsesuppe war ich im Spabereich und habe es mir in der Infrarot- und Dampfsauna sowie in der Liege neben dem großen Pool gut gehen lassen. Und weil nach dem Abendessen kein Programm mehr ist, sitze ich jetzt in der Teelounge, habe meine Aktivitäten sowie Zusatzmassagen für die nächste Woche rausgesucht und schreibe. Gleich gehe ich auf mein Zimmer, lese noch ein wenig und mache mir selbst einen Leberwickel, für den alles auf dem Zimmer bereitgelegt wurde und den man jeden Tag machen soll. Ein wirklich sehr schöner erster Tag.

Kurzer Exkurs:

Ist euch schon mal aufgefallen bzw. geht es euch genauso, dass man immer so horny wird beim Wellnessen? Oder geht das nur mir so? Sonst überspringt einfach den nächsten Absatz. Kann ich mir aber irgendwie nicht vorstellen … Man ist die ganze Zeit nackt, nur teilweise mit einem Handtuch oder Bademantel bekleidet, in der Saune ist es heiß, man schwitzt und der ganze Körper ist feucht und frei. Also ich habe IMMER Sexfantasien in der Sauna … das wird leider noch dadurch verstärkt, weil ich gerade generell wuschig bin. Und wieso?

Tja … Das Universum ist wirklich witzig. Ich bin seit ungefähr anderthalb Jahren Single und ungefähr genauso lange auf der Suche nach einer regelmäßigen und netten Affäre. „Nette" Affäre, ihr wisst schon, wo es nicht nur um das eine geht, obwohl das natürlich auch fantastisch sein sollte, sondern auch sonst noch ein bisschen was von dem hat, was man am meisten vermisst, wenn man keine Partnerschaft hat – schön unterhalten können (muss nicht zu viel sein), kuscheln, entspannt Zeit zu zweit verbringen können. Mindestens eine Stunde noch ungefähr, nachdem man im Bett war. Eben einfach eine „nette" Affäre. Unglaublich, wie schwer das zu finden ist. Auch wenn man das „nett“ weglässt. Schon allein mit dem „regelmäßig“ hat man in Frankfurt irgendwie ein Problem bzw. ist es den meisten Typen anscheinend schon zu viel Verpflichtung. Hallooo?! Es geht hier immerhin ums Vögeln?! Auf jeden Fall hat es die letzten anderthalb Jahre nicht so richtig hingehauen mit regelmäßig und nett, mal hier mal da, aber nichts Konstantes. Und NATÜRLICH habe ich genau vor zwei Wochen jemanden kennengelernt, mit dem es klappen könnte. Das ist so typisch! Wenn ich irgendwann mal meine Memoiren veröffentlichen sollte, könnte man hier einen roten Faden finden – witzige Zufälle mit schlechtem Timing. Es oder vielmehr er hat mich total geflasht, bereits in der ersten gemeinsamen Nacht, und daraufhin hatten wir uns noch drei weitere Male getroffen, bevor ich gefahren bin. Etwas, mit dem ich überhaupt nicht gerechnet habe. Er ist jemand, bei dem ich niemals im Leben gedacht hätte, dass etwas zwischen uns laufen wird – bis etwas zwischen uns gelaufen ist. Alles, was ich oben beschrieben habe, was eine Affäre haben sollte, nur noch viel mehr und intensiver und schöner. Wahnsinn. Wir schreiben uns weiterhin relativ regelmäßig, weil es eben auch zusätzlich einfach sehr „nett“ war, aber keine Ahnung, ob das die drei Monate überdauert mit dem Schreiben und ob wir uns danach noch mal treffen. In den drei Monaten wird die Welt ja nicht stehen bleiben. Im Moment hoffe ich es, weil die Chemie zwischen uns besonders ist. Das trifft man wirklich selten, dass man bei jemandem von Anfang an, obwohl man denjenigen noch gar nicht kennt, sich so wohlfühlt, so eine entspannte Atmosphäre herrscht und man so gern Zeit mit demjenigen verbringt. Auch wenn es bisher nur Sex war. Das ist irgendwie magnetisch zwischen uns, und wenn er da ist, kann ich mich schlecht von ihm lösen. Furchtbar. Schlechtes Timing. Aber ich bin trotzdem froh, dass es passiert ist. Zumindest muss ich immer grinsen, wenn ich an ihn denke, und das ist doch schön. Obwohl mein Ziel eigentlich war, dass ich in den drei Monaten eben nicht an jemanden denken muss. Ich wollte meinen Kopf komplett frei haben von irgendwelchen Typen und mich nur auf mich konzentrieren, auf meine Reise und darauf, wie meine Reise im Leben weitergehen soll. Dafür mach ich das ja schließlich auch.

<u>Tag 2</u>

Heute habe ich Kopfschmerzen. Und konnte die Nacht leider nicht so gut schlafen. Laut dem Gespräch mit der Ärztin, das ich gestern hatte, und den Erfahrungswerten der anderen Detoxfrauen liegt es an dem Kaffeeentzug. Nachdem ich gestern früh noch genüsslich vor dem Ärztegespräch meinen Kaffee zu mir genommen hatte, der auf der Tee- und Kaffeestation auf dem Zimmer bereitgestellt wurde, hat mir die Ärztin direkt danach gesagt, dass Kaffee Tabu ist. Also, Kaffee und Wein wird definitiv am schwersten sein für die nächsten zwei Wochen. Kopfschmerzen und Schlappheit sind anscheinend normal am Anfang einer Fastenkur, und das habe ich heute auch gemerkt. Ich habe fast nie Kopfschmerzen (außer bei einem Kater), und das ist wirklich nicht angenehm. Bei den Anwendungen bin ich heute fast immer eingeschlafen, weil ich so übermüdet bin.

Sonst war der Tag sehr schön, Detoxmassage, Detox-Soft-Pack, Nordic Walking, Bauchübungen und Stretching im Fitnessbereich und danach Spa.

Ja, ich habe heute zum ersten Mal Nordic Walking ausprobiert. Diese Woche ist schönes sonniges Wetter in Gars am Kamp, und ich hatte mir vorgenommen, jeden

Tag mal rauszugehen, am besten bei einer geführten Wanderung. Und heute wurde Nordic Walking angeboten. Glaubt mir, ich war auch immer der Meinung, dass Nordic Walking nur von (sehr) alten Leuten betrieben wird, eigentlich kein Sport ist und die Leute nur zu faul zum richtigen Wandern oder Joggen sind. Aber es hat Spaß gemacht! Es war sogar eigentlich richtig cool, mit den Stöcken zu laufen, weil es dann so ein rhythmisches Gehen ist, auch mit einem ziemlichen Tempo, und ich war gut ausgetobt danach. Es ging allerdings ein ganz schönes Stück bergauf. Ich werde dieses Nordic Walking während meiner Zeit hier definitiv noch öfter machen. In Frankfurt und Umgebung dann allerdings nicht mehr, hier wäre es mir zu peinlich, wenn mich jemand mit den Stöcken sehen würde.

Weil wir einen gemeinsamen Detoxtisch haben, kommt man immer in Gespräche mit anderen Detoxladys. Natürlich wird sich dann viel übers Detoxen unterhalten (Wie lange sind Sie schon hier?, Wie lange bleiben Sie noch?, Haben Sie das schon einmal gemacht …). Witzig ist, dass alle anderen die Kur nur für ein paar Tage oder maximal eine Woche gebucht haben. Die Reaktion auf meine Antwort, dass ich für zwei Wochen bleibe, ist immer dieselbe: „Wirklich, zwei Wochen?!" Sehr witzig, vor allem, weil ich hier schon wieder ein Déjà-vu habe mit Bali. In Bali hatte ich die Ayurvedakur auch für zwei Wochen gebucht, und die Reaktionen waren exakt dieselben von den anderen Gästen, die auch alle nur für ein Wochenende oder eine Woche geplant hatten. Ich verstehe das gar nicht. Ich bin eher so der „Ganz-oder-gar-nicht"- bzw. der „Wenn-dann-richtig"-Typ. Eine Woche wäre mir irgendwie zu kurz vorgekommen, vor allem, weil eine Woche mit einem Fingerschnipp vorbei ist und ich einen Effekt haben will, wenn ich schon einmal detoxe. Also, wenn man bedenkt, dass ich vor allem seit anderthalb Jahren wirklich sehr viel (sehr viel) feiern gehe, das Leben generell in vollen Zügen genieße und auch beim Essen definitiv nicht auf Gesundheit achte, dann finde ich zwei Wochen zum einmaligen Ausgleich nicht zu viel, das ist natürlich nur meine Meinung.

<u>Tag 3</u>

An Tag drei habe ich leider immer noch Kopfschmerzen, sehr unangenehm. So ein bohrender Schmerz in der rechten oberen Schläfe. Ich hatte mir eigentlich heute vorgenommen, um 8.00 Uhr morgens an einem Yogakurs teilzunehmen, aber das Vorhaben habe ich bereits gestern Abend gecancelt. Keine Lust, mir einen Wecker zu stellen. Ich fühlte mich gestern irgendwie schlapp und will mal so richtig ausschlafen. Ich bin dann tatsächlich nach fast zehn Stunden Schlaf aufgewacht, habe mir einen Tee gekocht (Basentee, beim Detoxprogramm wird empfohlen, so in den Tag zu starten) und zwei, drei News- und Politikpodcasts angehört. Das ist auch etwas, was ich jetzt seit Beginn der Reise neu entdeckt habe bzw. schon immer machen wollte, aber durch das Arbeitshamsterrad mit morgens Hektik und Übermüdung nie geschafft habe. Einfach sich morgens die Zeit zu nehmen, sich mit einem Kaffee (oder hier Basentee) gemütlich hinzusetzen und die News des Tages anzuhören, bevor man in den Tag startet. Megagut. Mein Plan ist, das künftig auch so weiter durchzuziehen, auch wenn ich wieder arbeite. Immer mit einem Morning Briefing in den Tag starten, dann ist man schon informiert. Und notfalls kann man sich den Podcast ja auch auf dem Weg zur Arbeit anhören. Fürs Zeitunglesen fehlen mir einfach die Zeit und Motivation, wie ich in den letzten Jahren festgestellt habe. Und die News via App morgens in der S-Bahn zu lesen, strengt mich auch an. Hören ist also meine neue Strategie. Mal schauen, ob ich das so durchziehe, aber gerade macht mir das Spaß. Nach dem Morning Briefing bin ich zum Frühstück gegangen und habe mir wieder meine Miniportion Hirsebrei einverleibt. Danach war ich so müde, dass ich alle weiteren geplanten Vormittagsaktivitäten (Meditation und Faszientraining) gecancelt und mich wieder ins Bett gelegt habe. Kurz hatte ich ein schlechtes Gewissen. Draußen schien die Sonne, und ich war so megafaul. Aber dann kam mir die Stimme meiner Freundin in den Sinn, die sagen würde: „Scheiß drauf, DU MUSST GAR NICHTS!!!" Und das stimmt. Ich muss verdammt noch mal gar nichts! Wenn ich am dritten Tag meiner Kur etwas durchhänge (was ja anscheinend normal ist), dann kann ich mir ruhig auch mal einen Tag NICHTStun gönnen. Warum nicht? Ich muss einfach gar nichts!

Ist euch schon einmal aufgefallen, dass wir einen guten Anteil des alltäglichen Stresses, den wir verspüren, auch selbst produzieren bzw. selbst daran Schuld sind? Ob es jetzt die selbst auferlegte private To-do-Liste ist, die eh niemals leer wird und man die unerledigten Aufgaben wochen-, ja sogar monate- oder jahrelang mit einem konstanten Druck im Nacken mit sich rumschleppt? Oder das selbst kreierte schlechte Gewissen, wenn draußen die Sonne scheint und man zu Hause einen faulen Tag macht, den man dann doch nicht richtig genießen kann wegen eben genau dieses schlechten Gewissens? Ich weiß nicht, wie es euch geht, aber ich glaube, dass man auch privat viel mehr priorisieren, loslassen und entspannter werden sollte. Es gibt Sachen, die sollte man irgendwann erledigen, aber die sind nicht so wichtig, wie sich einfach spontan treiben zu lassen und das Wochenende zu genießen statt zu „arbeiten". Man muss das Leben einfach viel mehr genießen, ohne schlechtes Gewissen. Das sage ich, die Frau mit den aktuell 43 Punkten auf der privaten To-do-Liste. Weiterer Punkt, Nr. 44: Entspannter werden und die To-do-Liste priorisieren und reduzieren.

Das war also Tag 3, nach dem Mittagessen hatte ich noch zwei bereits bezahlte Detoxanwendungen, Fatburn & Slim-Wickel sowie eine Lymphdrainagenmassage. Danach relaxen im Außenbereich der Sauna (ich habe also heute tatsächlich noch Sonne und frische Luft abbekommen – das hat mein schlechtes Gewissen schon wieder beruhigt), Abendessen, jetzt Teelounge und gleich wieder Leberwickel auf meinem Zimmer und früh schlafen gehen. Trotz der Kopfschmerzen, die im Laufe des Tages schon viel besser geworden sind, war es doch auch wieder ein sehr schöner Tag.

<u>Tag 5</u>

Meine Kopfschmerzen sind weg, schon seit gestern. Gott sei Dank. Ich kann also die Anwendungen und alle Aktivitäten wieder genießen und fühle mich auch nicht mehr so schlapp. Trotzdem fühle ich mich auch nicht so, als könnte ich Bäume ausreißen. Oder so, als ob ich vor Energie strotze. Heute war eine zweistündige Wanderung, ich war die Jüngste und trotzdem diejenige, die bei den Anstiegen mit Abstand am meisten geschnauft hat. Eigentlich hätte ich schon gern beim ersten Anstieg schlapp gemacht. Aber das ist das Gute, wenn man in einer Gruppe unterwegs ist, überwiegt der Wille, bloß nicht peinlich aufzufallen. Aufhören ist dann definitiv keine Option. Ich hoffe, dass dieser Effekt, von dem viele reden, dass man beim Detoxen ein gesteigertes Energielevel spürt, sich demnächst einstellt. Auch, dass die Pfunde endlich mal purzeln. An dieser Front ist nämlich auch noch nichts geschehen. Dabei esse ich seit fast einer Woche megagesund und wenig! und trinke keinen Alkohol. Wenn man bedenkt, wie mein Leben zu Hause sich so abspielt oder besser gesagt mein Essverhalten, müsste ich eigentlich schon um ein Drittel reduziert sein. Mein Essen besteht zum Frühstück aus einer Miniportion Hirsebrei oder heute zum ersten Mal

Bircher Müsli, mittags gibt es eine Gemüsebrühe mit Gemüseeinlage, einen grünen Salat mit Nüssen und als Hauptspeise Fisch, Fleisch oder vegetarisch mit Gemüse. Zum Abendessen eine Gemüsecremesuppe oder gedünstetes Gemüse. Hunger habe ich bislang eigentlich nicht verspürt, nur viel Appetit auf andere Sachen. Geiles Essen eben, also alles, was nicht gesund ist. Und es wird einem ja überall vor die Nase gehalten (ist euch schon mal aufgefallen, dass sich bei Facebook und Instagram super viele Beiträge ums Essen drehen? Furchtbar! Okay, vielleicht sollte ich auch Chrissy Teigen, Jamie Oliver und die einschlägigen Frankfurter Foodguides nicht mehr abonnieren, das wäre ein Anfang). Heute Abend musste ich mir das gedünstete Gemüse regelrecht reinzwängen, das war fast schon eklig. Und man soll ja viel kauen, was die Sache nicht besser gemacht hat. Zudem, kennt ihr das, wenn bestimmte Sachen so einen Eigengeschmack haben, je nachdem, woher sie kommen? Mir ist heute aufgefallen, dass irgendwie alles vom Hotel einen ähnlichen Geschmack hat, egal, was es ist. Also immer so eine spezielle eigene Note dabei. Als ob in jedem Gericht immer dasselbe undefinierbare Gewürz enthalten ist. Was nicht sein kann, weil alles komplett ungewürzt ist! Ich haue immer tonnenweise Kräutersalz und Pfeffer auf mein Essen, was man zwar nicht machen sollte, aber dieses Cheaten ist in Ordnung, habe ich befunden. Man muss ja nicht extrem leiden. Heute bin ich auf jeden Fall schon fast an den Rand meiner Selbstdisziplin gekommen. Ich vermisse Pizza!!! Und eigentlich alles, was nichts mit Gemüse zu tun hat! Ich werde natürlich weiterhin standhaft bleiben und die weiteren Tage durchziehen, dafür bin ich viel zu ehrgeizig (eben „Ganz oder gar nicht"), aber heute war das erste Mal, dass ich gemerkt habe, dass die nächsten Tage definitiv kein Zuckerschlecken werden. Im wahrsten Sinne des Wortes. Und wenn ich am Ende der zwei Wochen nicht mindestens fünf Kilo abgenommen habe, bin ich stinksauer!

Exkurs:

Gestern habe ich mir als Zusatzanwendung eine 50-minütige Kopfmassage gegönnt. Das mache ich ab und zu mal, wenn ich die Gelegenheit bekomme, weil das für mich eine besondere Art der Entspannung ist. Ich hoffe dann immer auf den „Kopf-Orgasmus"-Effekt. Kennt ihr den? Ich hatte das Erlebnis zum ersten Mal, als ich noch kleiner war, vor dem Teeniealter. Ich weiß noch, dass wir mit anderen Kindern gespielt haben, und natürlich haben wir uns als Mädels gegenseitig Frisuren gemacht (gekämmt, Zöpfe geflochten, Spangen ins Haar geklippt etc.). Und als mir ein anderes Mädel eine Frisur gemacht hat, hat sich das megaschön und entspannend angefühlt. Durch das leichte Ziehen an den Haaren und das sanfte Spüren von den Kammzacken auf meiner Kopfhaut hat sich plötzlich so ein wohliger Schauer in der Kopfhaut gebildet, der sich über den gesamten Hinterkopf ausgebreitet hat, es hat überall gekribbelt und alles hat sich megasensibel angefühlt. Dieses Gefühl nenne ich Kopforgasmus, und ich habe noch nie jemandem davon erzählt, weil es sich schon etwas peinlich anhört. Auf jeden Fall versuche ich immer, dieses Gefühl wiederzubekommen durch eine Kopfmassage bei einem Friseur oder Masseur, was aber leider nur sehr selten gelingt. Ich kann mich nur an ein- oder zweimal erinnern, dass ich mich nach einer Kopfmassage für ein paar Minuten noch etwas dizzy im Kopf gefühlt habe und so, als ob man danach ganz leicht auf Wolken schwebt. Bei dieser Kopfmassage gestern hat es leider nicht geklappt. Wie man bei einem Lover sagen würde, es war ziemlich gut, nur eben leider nicht das Beste, was man je erlebt hat. Aber ich werde weiter nach diesem Gefühl suchen. Und die Massage war trotzdem sehr entspannend.

<u>Tag 7</u>

Heute ist der Tag der Wahrheit. Nach einer Woche Detox stelle ich mich ganz früh morgens auf die Waage und tatsächlich: 3,5 Kilo weniger!!! Juhuuu. Damit hätte ich nicht gerechnet, vor allem, weil ich nicht das Gefühl habe, dass schon so viel runter ist. Mega. Für meinen Fünf-Kilo-Plan bis zum Ende der zwei Wochen stehen die Chancen also gut! Das liegt bestimmt auch daran, dass ich meinen Stundenplan mit allen möglichen Aktivitäten aus dem freiwilligen Wochenprogramm vollgestopft habe.

Heute Morgen zum Beispiel habe ich tatsächlich um 8 Uhr morgens an einer Morgenwanderung teilgenommen, „Aktives Erwachen". Sogar meine Familie musste lachen, als ich ihr das erzählt habe. Erstens bin ich wirklich kein Morgenmensch, und zweitens geht viel Aktivität am Morgen normalerweise gar nicht. Aber hier ist eben ein anderer Takt – früh schlafen gehen, früh aufstehen. Die Wanderung ging hoch zur Burg von Gars, teilweise schon anstrengend, was aber mit einem Superausblick belohnt wurde. Ich muss sogar gestehen, dass mir die Morgenwanderung extrem Spaß gemacht und gut getan hat. Aber das geht natürlich nur, wenn man sich direkt danach oder im Laufe des Tages noch mal hinlegen kann.

Ich war danach so stolz auf mich, dass ich mir heute zum Frühstück mal ein kleines Avocadobrot gegönnt habe. Die Bedienung hat mir dann netterweise – oder aus Mitleid – sogar noch ein Frühstücksei dazu gebracht und mit einem Augenzwinkern gemeint: „Heute ist das mal erlaubt." Es sind hier aber wirklich auch alle supernett und zuvorkommend. Was für ein Festmahl!

Am frühen Abend ging es dann noch mal in den Saunabereich, und ich habe zwei neue Lieblingssaunagänge für mich entdeckt. Beim Rasulbad reibt man sich vorher mit einem Salz- oder Zuckerpeeling ein. Dann setzt man sich auf eine Bank, und der ganze Raum wird mit Dampf befüllt (ähnlich wie bei einem Dampfbad). Anschließend wird über einem eine warme Regendusche aktiviert und damit das Peeling abgewaschen. Mega. Zum Zweiten kann man sich hier vor dem Saunagang mit einer supergut riechenden und reichhaltigen Creme (z. B. Mandelblütencreme) einreiben, damit die Creme richtig gut einzieht und das Schwitzen unterstützt wird. Ich bevorzuge die Softsauna mit 50–60 Grad, mit warmem Infrarotlicht und leichter Entspannungsmusik. Kannte ich so auch noch nicht und gehört jetzt schon zu meiner Lieblingsaktivität hier. Meine Haut fühlt sich jedenfalls nach einer Woche diverser Treatments, Peelings und Cremes an wie ein zarter Babypopo.

<u>Tag 9</u>

In der Zwischenzeit ist nichts Megaspannendes passiert. Die Tage gleichen sich von dem Ablauf her und von neuen spannenden (Walking-)Aktivitäten gibt es auch nichts zu berichten.

Das einzige, was mich heute sehr erheitert hat, war mein 20-minütiges Galileoeinzeltraining (Vibrationstraining ähnlich PowerPlate), das im Detox-Package enthalten ist.

Hierzu kurz die Anmerkung, dass ich in einem reinen Frauenresort bin. Die Tage kam mir deshalb der Gedanke, dass ich ja dann automatisch auch „Männerdetoxing" mache. Witziger Gedanke, und vielleicht gar nicht mal sooo schlecht.

Das Galileotraining wurde von einem hotten jungen Trainer gehalten, dem Michel. Mich hat schon einmal sehr verwundert, dass in einem Frauenresort auch

Männer arbeiten. Und dann noch einer, der so gut aussieht! Wenn ich so ein Hotel managen würde, in dem sich alles nur um Frauen für Frauen dreht, dann würde ich auch nur Frauen einstellen für alle Behandlungen. Darf man das eigentlich, stellt sich mir gerade die Frage? Oder wäre das gegen das Antidiskriminierungsgesetz? Interessante Frage. Wahrscheinlich darf man das als Betreiber bzw. Arbeitgeber gar nicht frei entscheiden, zumindest in Deutschland wäre das plausibel. Also der Michel, wie gesagt ein hotter junger Typ mit einem megadurchtrainierten Körper, einem Babyface und einem sehr charmanten netten Lächeln und österreichischem Akzent. Ich musste bei der Vorstellung so lachen, weil ich mir denken kann, dass der Michel hier voll der Hahn im Korb ist und den ganzen Tag von allen Ladys angeschmachtet wird, die ja auch Männerentzug haben. Und wie geil ist bitte für einen Mann der Job in einem reinen Frauen-Wellness-Resort?

Traumjobpotenzial würde ich mal sagen. Oder auch nicht? Der Michel muss sich bestimmt des Öfteren gegen aufdringliche Ladys zur Wehr setzten. Ich muss immer noch lachen. Bei mir hat der Michel nichts ausgelöst, solche offensichtlichen Klischees sind mir zu platt und turnen mich eher ab (okay, es ist nicht so, dass ich noch nie auf einen Animateur oder Skilehrer gestanden hätte – vielleicht bin ich im Alter vernünftig geworden?), und außerdem wäre er mir zu glatt. Aber das Einzeltraining hat auf jeden Fall Spaß gemacht und war mal eine witzige Abwechslung.

Ansonsten habe ich heute tatsächlich wieder am Aktiven Erwachen um 8 Uhr morgens teilgenommen, was mit einem tollen Ausblick mit Sonnen-Wolken-Durchbruch belohnt wurde. Vielleicht werde ich doch noch zu einer richtigen Frühaufsteherin.

Und das Essen war heute mal richtig gut! Mittags gab es wieder meinen Lieblingssalat mit Nüssen, und Zucchininudeln mit Tomaten-Oliven-Pesto. Sehr lecker. Und abends gedämpftes Gemüse, was aber auch angebraten war, mit Kräutern und speziellem Gemüse angemacht, das ich zwar nicht identifizieren konnte, aber gar nicht so schlecht geschmeckt hat. Ich habe heute auf jeden Fall nicht nachgewürzt, was schon ein kleines Ereignis ist.

Ich sitze übrigens seit drei Tagen allein am Detoxtisch, die anderen Ladys sind nach und nach gegangen (geflüchtet). Von außen wahrscheinlich ein trauriger Anblick, ich ganz allein am riesigen Detoxtisch (das Schild steht natürlich nach wie vor da), aber gerade genieße ich auch mal die Ruhe. Und keinen teilweise gezwungenen Small Talk.

<u>Tag 14 – Finale</u>

Geschafft! Die zweite Station meiner Auszeit mit meinem Detoxaufenthalt nähert sich dem Ende. Am Tag der Abreise habe ich mich morgens gewogen, und tatsächlich – ich habe es geschafft, in den letzten 14 Tagen fünf Kilo abzunehmen! Wahnsinn. Ich bin total stolz und glücklich. Auf dem Niveau war ich bestimmt schon seit zehn Jahren nicht mehr. Ich hatte in den letzten Tagen immer mehr den Ehrgeiz entwickelt, unter die für mich psychologisch wichtige Grenze von 70 Kilo zu kommen, und freue mich jetzt übermäßig, dass ich das mit 69,8 Kilo geschafft habe. Das macht die Sache für mich kleine Perfektionistin rund, und ich kann jetzt guten Gewissens ein paar Genussmittel wieder hinzufügen und die nächste Etappe antreten.

Was ist mein Fazit oder der gespürte Effekt von der Detoxkur, haben mich einige Freundinnen sehr interessiert gefragt. Ehrlich gesagt, kann ich das, abgesehen vom Gewichtsverlust, nicht so richtig sagen. Meine Haut ist babyzart und fühlt sich richtig geschmeidig an, das kommt meines Erachtens eher von den äußerlichen Anwendungen der zahlreichen Peelings und Cremes, die ich in den letzten Tagen verwendet habe, weniger von innen. Meine Gesichtshaut hat auch einen gewissen Glow und strahlt jugendlich schön, was aber auch an der tollen Luft hier (Gars ist immerhin ein Luftkurort) und generell dem Fehlen von Stress liegen kann. Den einzigen Detoxeffekt, den ich wirklich gemerkt habe, waren die Kopfschmerzen am Anfang der Kur, aber ich habe mich in den zwei Wochen kein einziges Mal so gefühlt, als ob ich Bäume ausreißen könnte. Der Energieboost, von dem alle reden und der nach ein paar Tagen Detoxing einsetzen soll, hat bei mir anscheinend nicht gewirkt, oder ich habe ihn zumindest nicht gespürt. Aber vielleicht spüre ich solche Effekte auch einfach nicht so wie andere Menschen. Wie beim Joggen. Den Effekt, den man angeblich hat, wenn man nach einigen Minuten Joggen quasi von ganz allein läuft, habe ich auch noch nie gespürt. Aber ich fühle mich nach den zwei Wochen körperlich und geistig sehr erholt und bin insgesamt sehr relaxt. Körperlich durch die viele Bewegung, die vielen speziellen Behandlungen und das tolle Wellnessprogramm. Zudem habe ich fast nicht an die Arbeit denken müssen. Es war unglaublich schön, einfach mal keine Entscheidung treffen zu müssen. Der

Stundenplan und das Essen waren vorgegeben. Die einzige geistige Anstrengung bestand darin, zu überlegen, welche zusätzlichen Aktivitäten bzw. Massagen ich noch möchte und wie ich die wenigen Minuten „Freizeit" verbringen kann. Ein sehr befreiendes Gefühl.

Und ich bin stolz auf mich, dass ich tatsächlich seit drei Wochen keinen Alkohol getrunken und nicht geraucht habe. Das Rauchen hat mir noch nicht mal was ausgemacht, es hätte einfach nicht reingepasst. Ich bin anscheinend wirklich nur eine Gelegenheits- bzw. Genussraucherin, die das mit Feierabend oder Feierngehen verbindet. Vor allem in Kombination mit Alkohol. Aber da würde es mir tatsächlich sehr schwer fallen, damit aufzuhören. Also bin ich anscheinend nicht süchtig und doch wieder süchtig. Auch interessant. Die drei Wochen hat es mir auf jeden Fall überhaupt nicht gefehlt, und bei meiner nächsten Station werde ich das so beibehalten.

Ansonsten haben sich die letzten Tage sehr in die Länge gezogen, es kamen keine neuen Ladys an den Detoxtisch hinzu, und an den Abenden haben sich schon einige Male Langeweile und Einsamkeit eingeschlichen. Ich bin trotzdem froh, dass ich zwei Wochen gebucht habe. Eine Woche wäre mir definitiv zu wenig gewesen, und obwohl die letzten Tage etwas einsam waren, hat sich das durch den Gewichtsverlust doch gelohnt. Am letzten Tag habe ich mich noch einmal fürs Nordic Walking angemeldet. Anscheinend war ich die einzige, die sich für diesen Slot angemeldet hatte, also waren es nur der Guide und ich. Den Guidepart hat diesmal der hotte Michel übernommen. Wir sind also zu zweit mit unseren Stöcken losgezogen und durch die Wälder gestapft, das war bestimmt ein sehr bezaubernder Anblick.

Auf dem Weg zum Flughafen in Wien hat mich der Taxifahrer gefragt, woher ich komme. Als ich meinte aus Deutschland, bemerkte er nur, dass er sich das schon wegen meines Akzents gedacht habe. Hallo, ich spreche Hochdeutsch?! Ich musste so schmunzeln, dass ein Österreicher mein Hochdeutsch als Akzent bezeichnet, das fand ich schon wieder irgendwie sympathisch.

Ich habe die zwei Wochen sehr genossen, bin jetzt aber auch wirklich froh, dass die nächste Etappe ansteht. Ich bin bereit, gut erholt und freue mich wahnsinnig auf wieder etwas mehr Action und Abenteuer. Jetzt beginnt der wirklich aufregende Teil meiner Reise.

## 3. Station: Galapagosinseln

<u>Ankunft in Isabela</u>

Nach fast 40 Stunden Reisezeit mit erforderlicher Zwischenübernachtung in Quito bin ich endlich auf der Galapagosinsel Isabela angekommen. Die Reise war ein Abenteuer mit vielen Überraschungen. Der Flug von Wien war mit Zwischenlandung in Madrid, und in den 55 Minuten Umsteigezeit hatte ich teilweise etwas Panik, dass ich den Anschlussflug nicht erreichen würde, weil die Kontrollen einige Zeit gedauert haben und der Weg zwischen den Terminals lang war. Ich frage mich immer, wer das plant und wie ältere Menschen das eigentlich machen? Es hat aber alles geklappt, und in dem Flieger nach Quito habe ich mir dann nach etwas mehr als zwei Wochen ein Vorfreudeweinchen gegönnt und es mir mit meinem Lonely-Planet-Reiseführer von Ecuador und den Galapagosinseln gemütlich gemacht. Die Zeit ist tatsächlich verflogen. In Quito angekommen, musste ich leider feststellen, dass mein Gepäck die kurze Umsteigezeit nicht geschafft hat. Als ich nach einer vergeblichen Stunde am Gepäckband zum Schalter gegangen bin, wurde mir ganz entspannt mitgeteilt, dass mein Gepäck mit dem Flieger am nächsten Tag um dieselbe Uhrzeit kommen würde. Als ich dann etwas panisch anmerkte, dass ich am nächsten Morgen bereits nach Baltra weiterfliege und von da aus einige Stunden nach Isabela mit dem Boot weiterfahre, das keinen Flughafen hat, war die Antwort nur ein überraschtes „Oh …". Sehr vertrauenserweckend. Mir ist so etwas noch nie passiert, und natürlich passierte mir so etwas ausgerechnet jetzt. Weil ich damit überhaupt nicht gerechnet habe, hatte ich natürlich weder Ersatzklamotten noch Notfall-Unterwäsche im Handgepäck dabei. Wenigstens hatte ich in meinem Rucksack alle wichtigen Dokumente, Geldbeutel und die notwendigsten Hygieneartikel – das war zumindest etwas. Komischerweise hat sich trotz allem bei mir keine Panik eingestellt, vielleicht auch deshalb, weil ich von dem langen Flug übermüdet war, und so bin ich in das Shuttle-Taxi zum Hotel mit nur meinem kleinen Rucksack und einem Grundvertrauen eingestiegen, dass sich das alles irgendwie schon regeln lässt. Verschieben wir das Problem einfach auf morgen. Und ich hoffte, dass die Organisation, für die ich die nächsten Wochen tätig sein würde, mir dabei behilflich sein wird.

Am nächsten Morgen ging der Flieger von Quito nach Baltra mit Zwischenstopp in Guayaquil – ein Hop-on-

Hop-off-Flieger sozusagen –, auch noch nicht erlebt. Am Hafen von Baltra wurden ich und ein anderes Mädel abgeholt und mit dem Speedboot nach Isabela befördert. Ein witziger Zufall, weil das andere Mädel auch Deutsche ist (Lara, 27, aus Köln), ebenfalls einen Monat im selben Programm tätig ist und nach dem Monat auch noch einige Tage Aufenthalt in Quito haben wird. Wir sind zusammen über drei Stunden mit dem Speedboot gefahren und haben uns da schon etwas kennengelernt. Sehr nettes Mädel, irgendwie direkt beruhigend und ein bisschen Heimatgefühl, wenn man in einem unbekannten Land eine Deutsche trifft. Die Bootsfahrt war klasse und hat gefühlt einfach nicht geendet, wir sind an einigen kleineren Inseln vorbeigefahren, und der Kapitän ist einfach immer weiter ins Nichts aufs offene Meer zugesteuert. Wir sind an einem Delfinschwarm vorbeigefahren, bei dem wir kurz gestoppt haben und uns mit den Delfinen haben treiben lassen – ein wahnsinniges tolles Erlebnis und eine Premiere für mich. Schon allein dafür hätte sich der Trip gelohnt. Bei der Fahrt ist bei mir das Gefühl nach totaler Freiheit aufgekommen, mit dem Fahrtwind in meinem Gesicht und der krassen Erkenntnis, dass ich mich hier auf einem winzig kleinen Fleck am anderen

Ende der Weltkugel befinde. Die Welt gehört hier den Tieren, und die Menschen sind in der Unterzahl und geduldete Besucher. Wie privilegiert ich bin. In dem Moment war ich einfach nur glücklich und frei.

Am Dock in Isabela wurden wir von Rafaela abgeholt, die uns während unseres Aufenthaltes hier betreut und uns zu unserer Unterkunft begleitet hat. Lara und ich hatten uns beide gegen eine Gastfamilie entschieden und wurden zu dem Volunteer House gebracht, was ein relativ großes Haus ist, in dem jeder sein eigenes Zimmer und sogar Bad hat. Ich war wirklich positiv überrascht, weil wir sogar W-LAN, warmes Wasser, eine Waschmaschine, Kombisteckdosen mit europäischen Anschluss, eine gut eingerichtete Küche, eine gewohnte Toilette, eine wöchentliche Putzfrau und Supermärkte etc. in der Nähe haben. Mit so viel Luxus hatte ich gar nicht gerechnet. In dem Volunteer House wohnt aktuell noch eine Dänin, die sich schon seit zweieinhalb Monaten hier befindet und geschätzt älter ist als ich, wir drei sind momentan die einzigen Volunteers bis Anfang nächster Woche. Nach einem gemeinsamen Abendessen sind wir ziemlich früh ins Bett gefallen.

Am nächsten Morgen wurden wir von Rafaela abgeholt, die uns zuerst in den Büroräumen der Organisation eine

Präsentation über das Programm gezeigt und uns mit weiteren Informationen und unserer Arbeitskleidung (einer Jacke mit der Aufschrift der Organisation und Arbeitshandschuhen) versorgt hat. Anschließend sind wir – endlich – zu unserem Arbeitsplatz für die nächsten vier Wochen, dem Giant Tortoise Breeding Center, gegangen. Ich werde mich also in den nächsten Wochen um Riesenschildkröten kümmern, wie aufregend! Der Arbeitsweg dauert zu Fuß eine halbe Stunde durch die Stadt und auf spärlich errichteten Holzstegen, bei dem man am Strand, an viel Gestrüpp, Wäldern, Tümpeln, Kakteen, Flamingos und Leguanen vorbeikommt. Am Breeding Center angekommen, wurden wir herumgeführt und haben eine kleine Einweisung bekommen, wurden danach für den nächsten Tag entlassen. Das also war der erste „Arbeitstag", bei mir kommt schon das Gefühl hoch, dass wir uns hier nicht zu Tode arbeiten werden. Offizielle Arbeitszeiten sind von 8–12 Uhr morgens, danach hat man Freizeit. Wenn man vorher mit der Arbeit fertig ist, kann man früher gehen. Einmal in der Woche ist ein Meeting in der Organisation für eine halbe Stunde. Ich weiß jetzt schon nicht, wie ich jemals wieder in Deutschland arbeiten soll. Nach dem Mittagessen (Mittag- und Abendessen sind in einigen ausgewählten Restaurants für uns frei, um Frühstück dürfen wir uns selbst kümmern) sind wir nach der größten Mittagshitze an den Strand gegangen und hatten einen tollen ersten Strandtag mit Sonnenuntergang, Bier und netter einheimischer Gesellschaft. Das Wetter ist hier im besten Sommermodus, trotzdem nicht zu heiß und teilweise bewölkt, was sehr angenehm ist. Keine Ahnung, warum der November nicht als beste Reisezeit empfohlen wird. Tatsächlich werden als Reisezeit die Monate Januar bis September und Dezember empfohlen laut Internet – merkt ihr was? Hier sind die Leute wirklich sehr aufgeschlossen und neugierig auf die Touristen. Nachdem ich allerdings am ersten Tag schon zweimal gefragt wurde, ob ich einen Freund habe, beschloss ich, dass ich offiziell vergeben bin. Hier kennt anscheinend jeder jeden, und alle wissen bereits Bescheid, dass zwei neue weibliche Volunteers angekommen sind. Jeder Schritt wird überwacht, man ist hier also wie in einer Kleinstadt unterwegs.

Mein Kofferproblem löse ich im Moment durch tägliche Handwäsche meiner einen Unterwäsche und meinem einzigen Paar Socken etc., was Gott sei Dank dadurch erleichtert wird, dass bei dem Sommerwetter alles innerhalb kürzester Zeit trocknet. Die Organisation konnte mir tatsächlich helfen, und mein Rucksack wurde mit dem Flieger nach Baltra gebracht, von da abgeholt und nach Isabela weitertransportiert. Mein Gepäck wird wohl in den nächsten Tagen ankommen, eventuell schon am Donnerstagabend. Tranquilo ...

Nachdem ich mir beim Packen nicht vorstellen konnte, wie ich mit so wenigen Klamotten überleben soll, kann ich jetzt meiner Schwester stolz berichten, wie ich mit nur einer Hose, einem T-Shirt, einem Pullover, ein paar Socken, einem Slip und einem BH fast vier Tage ausgekommen bin. Okay, ich hatte mir am Flughafen in Quito in weiser Voraussicht zumindest Flip-Flops, ein weiteres T-Shirt und einen Bikini gekauft. Aber trotzdem bin ich stolz auf meine Überlebensfähigkeiten.

## Erste Arbeitswoche

Die erste Arbeitswoche liegt hinter mir, und ich bin einfach nur happy. Es war alles die richtige Entscheidung, und ich glaube, dass ich die nächsten Wochen hier sehr genießen werde. Schon allein der halbstündige Arbeitsweg ist sehr entspannend, und wir werden täglich von Otto (Leguan) und Gerda (Flamingo) an denselben Stellen begrüßt. Bisher haben wir auch nie bis 12 Uhr arbeiten müssen und konnten nach erledigter Arbeit immer schon früher Feierabend machen. Die Arbeit ist zwar körperlich anstrengend und vor allem eine sehr dreckige Angelegenheit, aber die Schildkröten und dieses besondere Erlebnis sind einfach nur Wahnsinn und entschädigen für alles. Das Center hält gerade 882 Schildkröten, die meisten werden dort aufgezogen und nach einiger Zeit in ihren natürlichen Lebensraum übersiedelt, einige werden für Fortpflanzungszwecke behalten und nach dem Ende der Fruchtbarkeit ebenfalls wieder in die Freiheit entlassen. Das dient vor allem dazu, den Fortbestand der Schildkröten zu sichern, weil diese sonst vom Aussterben bedroht sind. Die Schildkröten können ein ganzes Jahr überleben, ohne zu essen und zu trinken, und mehr als 150 Jahre alt werden. Hier werden sie etwas mehr umsorgt, damit sie stärker werden und sich vermehren. Montags, mittwochs und freitags dürfen wir die Schildkröten füttern, man schneidet die langstieligen Pflanzen erst mit einer Machete klein, belädt eine Schubkarre, fährt mit ihr in die Gehege und entlädt das Essen auf die Futterplätze. Die erwachsenen Schildkröten laufen frei in riesigen Gehegen herum, und sobald sie merken, dass das Essen kommt, stürmen etwa 30 Riesenschildkröten auf einen zu und versuchen, an das Essen zu kommen. Man muss also fast im Slalom um die Tiere herumfahren (rennen!), um das Essen an den Platz zu bekommen. Beim ersten Mal hatte ich schon ziemlich Schiss, weil die Schildkröten – anders, als man denkt – doch ziemlich schnell sein können! Und sie sind so groß! Die Schildkröten türmen sich übereinander und steigen aufeinander, um am schnellsten an das Essen zu kommen, das ist ein wahnsinniges Naturschauspiel und einfach nur faszinierend. Irgendwie erinnert mich das etwas an das Essverhalten meiner Familie, als ich noch klein war. Die anderen Routineaufgaben bestehen aus, wie ich bislang mitbekommen habe, Reinigung und Neuauffüllen der Trinkstellen, Entfernen der Essensreste, Reinigung der Essensplattformen sowie Kehren der Touristenpfade. Das ist schon etwas gewöhnungsbedürftig, weil die Schildkröten überall ihre Verdauungsreste verteilen, vor allem in den Trinklagunen, die bereits nach einem Tag nur noch stinkende braune Suppen sind. Die Arbeit in den Gehegen der erwachsenen Riesenschildkröten wird jedoch definitiv zu meinen Lieblingsaufgaben zählen. Aber auch die kleinen Gehege mit den Teenies und Babys sind sehr süß. Wir durften die kleinsten

Schildkröten sehen, die gerade erst vor einem Tag geschlüpft waren und sich noch in der Dunkelkammer befinden (Nachbildung der natürlichen Brutumgebung). Und es wurde bereits vom Ranger eine Teenieschildkröte nach mir benannt: „Christi". Christi ist allein in einem Gehege untergebracht, sie wurde einsam und verlassen außerhalb ihres natürlichen Umfeldes gefunden und wird jetzt aufgepäppelt, untersucht, und danach wieder in die Freiheit entlassen. Christi ist jetzt schon mein Liebling. Mein Koffer ist tatsächlich am Freitag nach fünf Tagen angekommen – increible!


<u>Schildkröten und andere Tiere</u>

Habe ich schon erwähnt, dass ich die Schildkröten unglaublich faszinierend finde? Ich kann mich an ihnen nicht sattsehen und nicht genug Zeit mit ihnen verbringen. Nach über einer Woche ist es immer noch jeden Tag unglaublich spannend und irgendwie surreal, dass ich hier bei ihnen sein und mich um sie kümmern darf. Die Schildkröten gehören zu den Reptilien. Genauso wie Leguane bzw. Meerechsen. Und das passt wie die Faust aufs Auge. Schon allein der Kopf – die Form, die Haut, die Anordnung von Mund, Augen und Nase – schaut einfach wahnsinnig besonders aus. Wie eine Mischung aus einem Alien und einem Dinosaurier. Oder E.T. und einem Dinosaurier. Wie sie den Hals rausstrecken und dich mit ihren kleinen starren Augen anschauen.

Wir haben auch schon festgestellt, dass es tatsächlich sehr viele Ähnlichkeiten zwischen dem Verhalten und den Geräuschen der Schildkröten und den „Walking Dead" aus der TV-Serie gibt, den lebenden Zombies. Sobald wir Essen in die Gehege geben, bewegen sich die Schildkröten mit ihren großen, langsamen Schritten alle gleichzeitig und gleichmäßig auf den Essensplatz zu und geben dabei zischende kehlige Geräusche von sich. Die Bewegung dabei ist fast schon mechanisch und irgendwie apathisch. Und wenn wir die Schildkröten weglocken müssen, weil sie beispielsweise den Weg zum Ausgang versperren, müssen wir nur eine Pflanze hinhalten, und schon drehen sich alle gleichmäßig dieser Pflanze zu und laufen zu ihr, als ob ihr Gehirn in dem Moment nur dem einen Reiz folgen kann und alles andere ausblendet.

Und obwohl das auch etwas furchteinflößend ist – die Schildkröten sind so groß und schwer, dass sie einen locker zerquetschen oder erdrücken könnten –, sehen sie so unglaublich niedlich aus! So, als ob sie kein

Wässerchen trüben könnten. Sie wollen ja nur essen, und sobald man es ihnen gibt, sind sie glücklich. Und wenn sie mich anschauen, sehe ich darin etwas Unschuldiges und Naives in ihrem Blick. Ich war vorher schon ein Fan von Schildkröten, aber in meiner Zeit hier werde ich mich in sie verlieben. Obwohl wir ihren ganzen Dreck wegmachen müssen. Nach der Arbeit bin ich immer völlig durchgeschwitzt und von oben bis unten mit Schildkrötenmist und Ungeziefer verschmiert. Wer hätte gedacht, dass mir das Saubermachen der Trinklagunen, in denen sich alles möglich Eklige suhlt, sodass immer nur eine braune Brühe übrig ist, die wir reinigen müssen, und Wegkehren von Tierscheiße so viel Spaß machen würde. Der Anblick der Schildkröten entschädigt wirklich für alles.

Die Leguane und Meerechsen schauen ebenfalls aus wie prähistorische Tiere. Die Ähnlichkeit mit Dinosauriern ist definitiv gegeben. Hier auf Isla Isabela sind unglaublich viele Landleguane und Meerechsen, man kommt jeden Tag an mehreren vorbei. Sie liegen einfach mitten auf dem Weg, auf der Straße in der Sonne rum und spucken vor sich hin.

Am Wochenende habe ich meinen ersten Schnorchelausflug gemacht, was ein richtiges Erlebnis war. Außer riesigen Meeresschildkröten, einem Seelöwen und einem kleinen Rochen habe ich tatsächlich zum ersten Mal in meinem Leben Haie gesehen! Es waren Riffhaie, und okay, sie haben geschlafen lagen in einer Höhle, und der Guide hat uns an den Schwimmflossen festgehalten, während wir mit dem Kopf in die Höhle gelugt haben, aber es war meine erste Begegnung mit einem Hai! Und ich habe überlebt! Und bin nicht in Panik verfallen! Das war schon echt krass. Da kommt man sich plötzlich ganz klein vor und ist zum ersten Mal nicht am Ende der Nahrungskette, was einem in dem Augenblick auch so richtig bewusst wird. Weil ich in Mexiko meinen Tauchschein machen will, und dort dann wahrscheinlich öfter Begegnung mit Haien haben werde, war diese erste Begegnung auf jeden Fall schon einmal ziemlich gut, um mich langsam an das Thema heranzutasten. Bevor dann in Mexiko die Bullenhaie auf mich warten.

Jetzt habe ich also in der ersten Woche hier schon fast alle Tiere gesehen, die ich unbedingt auf den Galapagosinseln sehen wollte: Landschildkröten, Meeresschildkröten, Landleguane, Meerechsen, Flamingos, Pelikane, Pinguine, Delfine, Blaufußtölpel (die haben wirklich blaue Füße), Seepferdchen,

Seebären und Seelöwen. Und Haie natürlich nicht zu vergessen. Wie gesagt, die Welt gehört hier den Tieren, und ich bin wirklich sehr privilegiert, diesen Flecken Erde besuchen zu dürfen.

<u>Arbeit im Breeding Center</u>

Die letzten beiden Wochen waren ziemlich interessant bei der Arbeit. Wir haben zwei neue Volunteers dazubekommen: Nico aus Rumänien in der zweiten und Helen aus Großbritannien in der dritten Woche. Nico (weiblich) fand ich am Anfang nett, aber nichtssagend, hing auch sehr oft am Handy und war irgendwie etwas strange. Aber mittlerweile habe ich sie sehr ins Herz geschlossen, und sie hat in der zweiten Woche unsere Dreiertruppe bereichert, vor allem bei den Ausflügen. Helen ist sogar um einiges älter als ich und hat einen krassen Akzent, aber ist auch super lustig. Megaschwarzer Humor, was ich sehr gern mag. Die letzten Tage waren irgendwie lustig im Center, weil wir außerhalb der normalen Standardaufgaben mit Füttern und Reinigen noch weitere „besondere" Aufgaben dazubekommen haben. Der Ranger hatte uns den Auftrag erteilt, dass wir den Zugangsweg zum Center, den die Touristen auch immer benutzen, mit dem

Rechen kehren sollen. Der Weg besteht aus Staub, Sand und Steinen. Ab und zu gesellen sich abgefallene Blätter oder Äste von den Bäumen, die den Wegrand säumen, hinzu. Ich glaube, als der Ranger uns die Aufgabe erteilt hat, habe ich ihn nur sehr verständnislos angeschaut. Echt jetzt, den Weg mit dem Rechen kehren? Und was soll das genau bringen, und wozu noch mal genau? Am Tag danach kam dann die nächste interessante Aufgabe, und zwar sollten wir jetzt die großflächigen Gehege der Schildkröten ebenfalls mit dem Rechen kehren. Auch wieder viel Sand, viel Staub, viel getrocknete Abfallprodukte von den Bäumen und dazu noch etwas Schildkrötenmist dazwischen. Mein Gesichtsausdruck war derselbe wie am Vortag, als mir der Ranger den Rechen in die Hand gedrückt hat. Aber ich muss sagen, nach meinen zögerlichen Anfängen (was soll ich hier noch mal genau machen?) hat mir die Arbeit sogar etwas Spaß gemacht. Ich muss dazu sagen, dass die Arbeit hier im Allgemeinen sehr gemächlich angegangen wird, und man hat noch genügend Zeit für viele Kaffeepausen und Plaudereien zwischendurch. Oder Fotos schießen mit den Schildkröten. Hier gibt es keine zeitlichen Deadlines und keinen Druck. Es gibt Tagesaufgaben, die man locker schafft, und das wars. Ebenso sind wir hier als

Volunteers wirklich nur ausführende Kräfte, es wird weder von uns erwartet, zu denken, noch, proaktiv zu handeln. Generell herrscht hier eine strikte Hierarchie, es wird getan, was der Ranger sagt, und welche Aufgaben er uns in dem Moment zuteilt und auch nur, wenn der Ranger es erlaubt, wird Feierabend vor 12 Uhr gemacht. Megagut und genau das, was ich momentan brauche. Ich muss nicht denken, habe absolut keine Verantwortung und befolge einfach nur Befehle. Die Arbeit führe ich in gemächlichem Tempo aus und kann dann nach Hause gehen. Also habe ich den Boden gefegt und gerecht, kleine Häufchen Staub zusammengekehrt und diese dann mit dem Spaten ins Gebüsch geworfen. Und das zwei Vormittage lang. Ich habe seit Monaten (oder Jahren?) meinen Freundinnen immer scherzhaft erzählt, dass ich meinen stressigen Teamleiterjob gern kündigen und einfach ein paar Monate bei der Post arbeiten würde, Eingangspost abstempeln. Stupide einfache Tätigkeit, kein Hirnschmalz, kein Stress, keine Verantwortung und reine Akkordarbeit von 9 to 5. Aber das hier ist hundertmal besser. Perfekt, absolut keine Entscheidungen treffen, der Kopf ist frei, und die körperliche Arbeit tut sogar ganz gut. Und ich arbeite mit Schildkröten! Ich musste so grinsen, weil ein paar der

Volunteers damit Probleme haben, anscheinend auch mit der Autorität der Ranger (vor allem, dass die Ranger uns die meiste Arbeit machen lassen) und anfangen, sich zu beschweren, aber ich befolge einfach nur stumpf und glücklich die Befehle.

Für diese stumpfsinnigen Aufgaben wurden wir mit der besten Arbeit belohnt. Wir durften die Schildkröten zählen, durchnummerieren und dann mit einem Permanentstift auf dem Panzer mit der jeweiligen Nummer markieren. Das sah je nach der Größe der Schildkröten natürlich ganz unterschiedlich aus. Aber es war das erste Mal, dass ich die Schildkröten tatsächlich angefasst habe – das hatte ich mich vorher nicht getraut bzw. war auch nicht erlaubt. Die kleinsten haben wir einfach in eine Hand genommen und beschriftet, die Teenies haben wir mit beiden Händen hochgehoben, und eine zweite Person hat sie beschriftet, und die großen haben wir einfach so markiert, während sie dalagen (die wiegen mehr als 300 Kilo). UND: Wir haben diese Woche in einem Schildkrötengehege Eier ausgegraben und dokumentiert. Vier funktionsfähige Eier haben wir in dem Gehege gefunden (bzw. eher der Ranger, weil man die Nester mit dem bloßen Auge fast nicht sehen kann), ausgegraben und in die Brutkästen gelegt. Das war unbeschreiblich.

Ich habe jetzt auch mein Lieblingsgehege entdeckt: Darin sind die großen Schildkröten – anders als in den anderen – superneugierig und kommen bei allem, was ich mache, auf mich zugesteuert. Egal, ob ich ihnen zu essen, zu trinken gebe oder einfach nur saubermache oder kehre. Sie haben absolut keine Berührungsängste und kommen ganz nah auf mich zu, fast schon so, als wollten sie gestreichelt werden. Und dann setzen sie sich auf die Haufen, die ich gerade zusammengekehrt habe oder laufen drüber und verteilen sie wieder in alle Winde. Das war so süß, heute musste ich mich daran erinnern, dass ich Respekt vor den Tieren haben und sie nicht streicheln sollte! Zu verlockend und man verliert so schnell die Berührungsängste, wenn man mit ihnen arbeitet. Eine der Schildkröten, Billy, ist am zutraulichsten, sie lässt sich tatsächlich am Hals streicheln (wenn der Ranger dabei ist) und streckt sich dabei und reckt den Hals maximal heraus, als ob sie die Berührungen genießen würde, megasüß.

Ich weiß wirklich nicht, wann ich das letzte Mal so viel Spaß bei der Arbeit verspürt oder mich am Sonntag schon auf die Arbeit am Montag gefreut habe. Oder einfach nur ein fettes Grinsen im Gesicht hatte währenddessen. Wahrscheinlich noch nie. Aber ich weiß, dass es in meinem Alltagsjob anfangs mal Zeiten gab, wo ich mich zumindest auf die Arbeit und die Kollegen gefreut habe, vielleicht nicht Sonntagabends, aber generell. Vielleicht finde ich ja nach meiner Auszeit wieder etwas, was auch nur annähernd in die Nähe kommt, dass ich mich einfach wieder auf den nächsten Arbeitstag freue. Wann ist das bloß verloren gegangen?

<u>Daily Island Life</u>

Das Inselleben ist einfach toll – zumindest als Volunteer. Ich fühle mich hier schon richtig heimisch. Die Insel ist zwar überhaupt nicht klein, aber das Dorf in dem wir leben, Puerto Villamil, ist ein 3000-Einwohner-Dorf, in dem jeder jeden kennt. Wenn wir täglich mit dem Bike, das wir zwischenzeitlich gemietet haben, zur Arbeit radeln, begegnen wir eigentlich schon so ziemlich jedem, den wir kennen, und grüßen immer ganz viel und werden gegrüßt. Nach Feierabend um 12 Uhr gehen wir in ein Restaurant, um Mittag zu essen, und danach haben wir frei. Das ist so toll, jeden Tag einfach so unglaublich viel Freizeit zu haben, den Tag auf sich zukommen lassen zu können und zu schauen, worauf man Lust hat. Sobald schönes Wetter ist und die Sonne scheint, gehen wir an den Strand. Wir, das sind immer noch Lara aus Deutschland, mit der ich mich ziemlich gut verstehe, Nico aus Rumänien und Helen aus Großbritannien. Die Dänin ist leider schon abgereist. Wenn man mal keine Lust auf einen Strandtag hat bzw. mehr Lust auf Aktivität oder es bewölkt ist, hat man auch zahlreiche Möglichkeiten. Man kann hier ganz viele Ausflüge buchen, selbst an einige Superschnorchelplätze fahren (z. B. Concha de Perla) oder mit dem Bike die Inselumgebung erkunden. Meine Lieblingsbeschäftigung derzeit ist tatsächlich, faul am Strand herumliegen. Der Strand ist einfach nur ein Traum, ein ewig langer, feiner heller Sandstrand mit türkisblauem Wasser. Bei einem Strandspaziergang in der ersten Woche bin ich in eine Richtung tatsächlich über eineinhalb Stunden gelaufen, bis der Strand geendet hat. Dass wir uns allerdings am Äquator befinden und die Sonne hier etwas stärker ist als normal, habe ich auch bemerkt, weil ich am zweiten Wochenende einen Sonnenstich hatte und den kompletten letzten Samstag frierend und zitternd im Bett verbracht habe. Dabei hatten wir am Beachday gerade mal drei Stunden Sonne, und ich hatte mich dick eingecremt. Aber auch ich lerne dazu. Den zweiten

Schnorchelausflug mit Kajak, den ich für den Tag geplant hatte, fiel deshalb leider flach. Dafür hatten wir uns am Sonntag unsere Fahrräder geschnappt und unsere Insel auf eigene Faust erkundigt, wir waren auf dem Pfad der Muero de las lágrimas, auf dem einige Aussichtspunkte, versteckte Strände, Lagunen und schöne Wege zu entdecken waren. Nach dem Ausflug, der ungefähr sechs Stunden gedauert hat, konnten wir sogar noch für ein zwei Stunden am Strand entspannen und uns dann mit einem fantastischen Sonnenuntergang in unserer Lieblingsbar (eigentlich die einzige Sunset-Beachbar, die es hier gibt) belohnen. Wir gehen hier tatsächlich immer relativ früh schlafen, nach dem Abendessen geht es nach Hause und dann eigentlich schon bald ins Bett gegen 21, 22 Uhr, aber auch das ist eine willkommene Abwechslung. In dieser Woche habe ich die verschobene Kajaktour nachgeholt und zwei geführte Ausflüge zu den Vulkanen (die Galapagosinseln und Isabela sind Vulkaninseln) mit unserem Lieblingsguide Carlos unternommen. Die Wandertour zu den Vulkanen Sierra Negra und Chico war superspannend, aber auch anstrengend. Irgendwie mache ich hier jeden Tag Sport. Ich habe noch nie einen Vulkan bestiegen, und der riesige Krater sowie die noch sichtbaren erkalteten Lavaströme sind unglaublich faszinierend, wir sind über schwarze Lavafelder und glitzernde Lavasteine gelaufen. Wir hatten allerdings großes Pech mit unserem Biking-/Hiking-/Camping-Ausflug zu den Schwefelminen des Vulkans Sierra Negra. Wir haben einen tollen Sonnenaufgang und -untergang mit spektakulärer Aussicht, einem spektakulären Sternenhimmel und einer schönen Campingrunde mit Lagerfeuer erwartet. Tatsächlich hat es gerade an diesen beiden Tagen die ganze Zeit stark geregnet, und wir waren schon pitschnass bis zu den Socken, als wir um 16 Uhr am Campingplatz ankamen. Wir waren nass, unsere Sachen waren nass, die Zelte innen waren nass und wir haben zwei Stunden gebraucht, um ein kleines Feuer zu entfachen. Die Sicht war unglaubliche 50 Meter auf eine dicke Nebelwand in alle Richtungen, inklusive dem Himmel. Wir haben trotzdem megaviel gelacht und uns eine Flasche Schnaps gegönnt bei so viel Pech. In Schnapslaune haben wir noch kurz eine kleine Open-Air-Disco im Regen in der Dunkelheit veranstaltet, bis der Schnaps leer war, wir aufgegeben haben und in die Zelte gekrochen sind. Dieses Wetter war wohl ziemlich selten bzw. einzigartig auf Isabela und genau so war auch unsere Erfahrung bei diesem Campingausflug. Heute

Morgen hatten wir jedoch Glück bei den Schwefelminen, und tatsächlich hat sich die Sonne für kurze Zeit gezeigt. Die Schwefelminen waren ein ganz besonderes Naturschauspiel. Wahnsinn, wie sich Unmengen an Schwefeldämpfen ihren Weg aus Felsspalten bahnen, die sich bereits durch die Dämpfe grellgelb gefärbt haben und an einigen Stellen wie kristallisiert aussehen. Ich freue mich jetzt auf den Samstagabend – eventuell gehe ich hier noch in die Stranddisco und genieße ein paar Coco Locos – und auf morgen zu meiner ersten Surfstunde.

## Abschied vom Paradies

Die Zeit ist verflogen – und jetzt ist schon ein ganzer Monat rum. Ein Monat im Paradies auf Isabela. Wenn ich jetzt nach Hause hätte fliegen müssen, hätte ich sehr wahrscheinlich geweint. Das einzige, auf das ich mich freue, ist anderes Essen. Weil wir als Volunteers das Mittag- und Abendessen in einigen Restaurants immer gesponsert bekommen haben, war das Menü meistens vorgegeben und bestand zu 99 Prozent aus Reis UND Pommes (geile Kombination), und der einzigen wählbaren Alternative zwischen Shrimps, Fisch oder Hühnchen. Das war wirklich superlecker, vor allem der

Fisch hat richtig gut geschmeckt, aber nach vier Wochen kann ich das langsam nicht mehr sehen. Ich hätte auch etwas anderes auf der Karte bestellen können, was wir ab und zu gemacht haben, zum Beispiel einfach mal wieder eine Pizza oder Pasta, aber das war schon sehr teuer auf der Insel. Als Tourist lässt man hier auf jeden Fall einige Dollar mehr als üblich, auch die Hotelpreise sind fast unbezahlbar. Und gefühlt habe ich mich trotzdem eher ungesund ernährt, weil es sehr wenig Salat und Obst gab. Auch in den Supermärkten musste man sich damit begnügen, was die Schiffe einmal in der Woche geliefert haben, an manchen Tagen waren die Regale schon halbleer und das Obst nicht sehr ansprechend. Auf etwas Abwechslung in dem Bereich freue ich mich also. Und der Abschied ist deshalb einigermaßen erträglich, weil ich mich auf die kommenden Tage und Wochen freue: einen Tag in Santa Cruz, drei Tage in Quito und danach fünf Wochen in Yucatán. Aber trotzdem war der Abschied sehr hart. Vor allem der von meinen Schildkröten. Aber ich bin nicht traurig, sondern eher melancholisch. Melancholisch, dass diese besondere Zeit jetzt vorbei ist. Mir ist sehr bewusst, dass ich sehr dankbar sein kann, dass ich diese Erfahrung machen konnte und ich hier sein durfte. Danke, Isabela! Danke für diese einzigartige Erfahrung in meinem Leben, dass ich diese wundersame fantastische Insel kennenlernen und hier wohnen durfte. Für die Erfahrung, dass ich Teil einer kleinen Inselgemeinschaft geworden bin. Für das Arbeiten mit den Riesenschildkröten, denen man nach einiger Zeit richtig nah gekommen ist, bei denen man wirklich schon bei einzelnen spezielle Charakteristika feststellen konnte und die einem richtig ans Herz gewachsen sind. Für diese Erfahrung, dass man im Meer badet und plötzlich ein riesiger Pelikan ganz nah über einen hinwegschwebt. Für diese vielen Momente, in denen man über die sandige Straße läuft, über einen Steg oder den Strand und plötzlich Leguane den Weg kreuzen oder Seelöwen mitten auf dem Weg liegen. Und die Tiere überhaupt keine Berührungsängste haben, und sie einfach liegen bleiben oder unbeeindruckt weitergehen, und du um sie herum gehen oder überlegen musst, wie du an ihnen vorbeikommst. Hier ist es einfach in jedem Moment ganz klar, wem die Insel gehört. Dafür, dass ich bereits beim Schnorcheln oder an Land so viele Begegnungen mit exotischen Tieren hatte. Dafür, dass ich hier den schönsten Strand mit dem feinsten Sand und dem klarsten türkisgrünen Wasser meines Lebens erleben durfte. So klar, dass man bereits bis zur Brust im Wasser steht und immer noch die eigenen Füße und den feinen Sand sehen kann und sonst einfach nichts in Sicht ist, nur klares Wasser und Sand. Noch nicht einmal auf den Malediven hatte ich meiner Erinnerung nach so einen tollen Strand mit so klarem Wasser (wobei ich damals etwas Pech hatte und das Meer besonders rau war, als ich da gewesen bin). Dafür, dass ich durch diese Reise meine Reiselust wiederentdeckt habe. Ich hatte tatsächlich während Corona das Gefühl, dass ich keine Lust mehr aufs Reisen habe. Alles zu beschwerlich oder zu nervig wegen der ganzen Regelungen. Und irgendwie nicht mehr so richtig Lust auf andere Leute außerhalb des Freundeskreises. Wahrscheinlich war das Teil meiner Covid-Depression. Aber jetzt habe ich wieder so unglaubliche Lust auf fremde Länder, fremde Landschaften, fremde Kulturen, fremde Gerüche und Geschmäcker und einfach Entdeckungslust. Für die vielen interessanten Menschen und Geschichten, die man unterwegs trifft und hört. Es ist so unglaublich. Man denkt, man macht etwas total Besonderes, weil man etwas ausrastet und seinen Job kündigt und drei Monate einfach rumreist und mit Riesenschildkröten arbeitet, und dann ist man unterwegs, trifft viele unterschiedliche

Menschen und merkt, dass man noch nicht mal ansatzweise die interessanteste Geschichte hat. Die meisten, die ich auf der Reise getroffen habe, sind länger unterwegs als drei Monate, durchreisen mehrere Länder und haben mehrere Volunteererfahrungen gemacht. Tatsächlich sind die meisten wenigstens sechs Monate unterwegs. Das Beeindruckendste, was ich bislang gehört habe, war auf einem Schnorchelausflug nach Los Tuneles. Da war ein Pärchen dabei, das sechs Monate in Zentral- und Südamerika rumreist. Dabei haben sie keine Pause vom Arbeiten oder haben gekündigt, sondern arbeiten lediglich ab und zu von unterwegs aus, wenn sie mal W-LAN haben, was auf dem Fleckchen Erde nicht immer der Fall war. Auf die Frage, was sie denn machen, hat sie geantwortet, dass sie einen Blog für Hundeerziehung betreibt. Wie bitte?! Einen Blog für Hunde?! Wie kann man denn bitte mit einem Blog für Hunde so viel verdienen, dass man sich eine halbe Weltreise für ein halbes Jahr leisten kann? Ich bin jetzt nicht so alt, dass ich nicht mitbekommen habe, dass die Hitliste der reichsten Deutschen mittlerweile zum Großteil aus Bloggern und Influencern besteht, aber einen Blog für Hunde?! Irgendetwas mache ich falsch. Ich sollte meine Berufswahl noch einmal gründlich überdenken. Gibt es nicht etwas, das ich machen könnte, wofür die Leute tatsächlich Geld bezahlen? Außerhalb der Buchhaltung? Und bitte über 50.000 Euro im Jahr, damit man noch schön reisen kann. Unglaublich … Das geht mir nicht in den Kopf. Aber interessante Geschichten von interessanten Menschen.

Dankbar dafür, dass ich so viele neue erste Erfahrungen sammeln konnte. Erstes Mal Volunteering. Das erste Mal, dass ich Riesenschildkröten überhaupt gesehen habe, und ich durfte ganz nah mit ihnen arbeiten. Erstes Mal Haie gesehen. Erstes Mal Galapagos, was definitiv nicht mit meinen anderen Reisen vergleichbar ist. Diese Inseln sind wirklich einmalig auf der Welt. Und erstes Mal gesurft. Ich hatte danach kurz scherzhaft gedacht, dass man über vierzig nicht mit so etwas wie Surfen anfangen sollte, weil mir wirklich zwei Tage lang mein ganzer Körper weh getan hat, aber es war einfach nur geil, und ich würde und werde es immer wieder tun. Auch wenn der Surflehrer danach ganz relaxt meinte, ob wir auch die Haie gesehen haben, die etwas weiter hinten immer aus dem Wasser gehüpft sind, und mir kurz das Herz stehen geblieben ist.

Auf der Busfahrt zum Hafen von Santa Cruz war ich deshalb melancholisch und gleichzeitig plötzlich megaglücklich. Ich musste die ganze Zeit lächeln. Ich war einfach nur total stolz auf mich, dass ich alles so durchgezogen habe. Es ist definitiv genau das Richtige gewesen, und ich habe alles richtig gemacht. Auch wenn andere Reisende noch länger, noch krasser unterwegs sind und verrücktere Sachen machen – aber ich weiß, wie groß dieser Schritt war und wie mutig und einzigartig, wenn man im Alltagstrott festhängt, und ich bin einfach nur wahnsinnig glücklich und stolz. Wie oft kann man das schon sagen im Leben?

# 4. Station: Santa Cruz und Quito

An der Insel Santa Cruz kommt man auf dem Weg von der Insel Isabela zum Flughafen in Baltra zwangsläufig vorbei, und ich bin aus Isabela einen Tag früher abgereist, um zumindest für einen Tag noch eine zweite Galapagosinsel kennenzulernen. Anfangs dachte ich, ich hätte Zeit für noch weitere Inseln, immerhin war ich einen ganzen Monat da, aber die Zeit ist so schnell vergangen, und an den freien Wochenenden wollte ich dann lieber Isabela so umfänglich wie möglich erkunden. Man sagt auch, dass Isabela die schönste Insel ist und dass alles, was es verteilt auf den anderen Inseln gibt, auch auf Isabela zu sehen gibt. Der Tag in Santa Cruz war wirklich schön, ich war mit zwei israelischen Mädels unterwegs, die ich auf Isabela kennengelernt hatte, und die denselben Tag in Santa Cruz waren und sich auch dieselben Sachen anschauen wollten. Die beiden hatten nicht im Breeding Center gearbeitet, sondern im Nesting Project, das heißt, sie waren immer in Patrouille am Stand unterwegs morgens und abends, um Nester oder Babyschildkröten ausfindig zu machen. Leider hatten sie in den zwei Wochen während ihres Aufenthaltes als Volunteers kein einziges Nest oder Baby entdeckt, weil die Brutzeit gerade erst begonnen hat. Ich war so froh, dass ich mit dem Breeding Center die richtige Entscheidung getroffen hatte. Wir waren den Vormittag in Santa Cruz am Tortuga Bay unterwegs, ein wahnsinnig schöner, langer weiter weißer Sandstrand mit türkisblauem Wasser, an dem sich viele Leguane tummeln. Nachmittags waren wir in Las Grietas, einer Felsspalte mit teilweise Süßwasser, in der man schnorcheln und riesige Fische beobachten konnte. Abends habe ich einen kleinen Spaziergang am Pier gemacht, weil ein Guide uns den Tipp gegeben hatte, dass man hier abends Babyhaie sehen kann. Und tatsächlich, in dem beleuchteten Wasser konnte man ganz viele von ihnen entdecken, megasüß (Babyhaie sind noch süß!). Der Tag in Santa Cruz hat sich auf jeden Fall gelohnt.

Am nächsten Tag ging der Flieger früh morgens nach Quito, und ich habe mich in einem Community-Hostel eingemietet (mit Privatzimmer, okay, so ganz jung bin ich ja auch nicht mehr. Leider hatte das Privatzimmer kein Privatbad, aber okay). Mit das Beste an dem Hostel war das Essen, für das man sich vorab eintragen konnte, und der Koch hat für einen für relativ wenig Geld mitgekocht. Das Essen war dafür aber umso besser und hat nach den letzten vier Wochen auf den Inseln auf jeden Fall entschädigt. Viel frisches Obst, Pancakes, Waffeln oder Eggs Benedict zum Frühstück, Caesar Salad, Pasta Milanese etc. Das war wirklich gefühlt wie ein Food Heaven.

Nach dem ruhigen, gemächlichen Leben in Isabela mit den wenigen Menschen in den letzten Wochen war der erste Abend jedoch wie ein Kulturschock. In dem Hostel wird viel dafür getan, dass man sich wie zu Hause in einer Familie fühlt, man hat Themenabende mit Programm, und es gibt nur einen großen Tisch im Gemeinschaftsraum, an dem alle gemeinsam essen und ihre freie Zeit miteinander verbringen, wenn man keine anderweitigen Aktivitäten geplant hat. So sind immer ziemlich viele Leute an diesem Tisch versammelt, es wird wild durcheinander gequatscht in allen Sprachen, und Musik gibt es auch in guter Lautstärke. Der Geräuschpegel ist dementsprechend hoch, was gewöhnungsbedürftig war. Hinzu kommt, dass man im fortgeschrittenen Alter irgendwie nicht mehr so gut den Unterhaltungen folgen kann, wenn laut Musik gespielt wird. Aber auch hier kommt man wieder sehr schnell ins Gespräch und lernt viele interessante Leute mit interessanten Geschichten kennen. Natürlich sind hier im

Hostel alle jünger und machen auch keinen normalen Zwei-Wochen-Urlaub, sondern sind mit dem Backpack monatelang unterwegs in verschiedenen Ländern. Ein Mädel hat mir erzählt, dass sie in Zentral- und Südamerika unterwegs war für einige Monate, jetzt leider für Weihnachten und Silvester nach Hause zurückfliegen muss und danach wieder für drei Monate unterwegs ist, um ihre Reise fortzusetzen. Auf die Frage, wo sie denn wohnt, dass es ihr leid tue, dorthin zurückfliegen zu müssen, lautete die Antwort: Aruba. Aruba, die paradiesische Karibikinsel vor Venezuela, die zu den ABC-Inseln gehört und auf der man mit pinken Flamingos am weißen Sandstrand im türkisblauen Wasser baden kann. Wow. Okay, also wenn das mein Zuhause wäre, dann wäre ich ja nicht so traurig, über Weihnachten nach Hause fliegen zu müssen. Ich habe mich eh schon immer gefragt, wo die Leute, die im Paradies leben, Urlaub machen. Aber jetzt kenne ich die Antwort. Ein deutsches Pärchen ist insgesamt sechs Monate unterwegs in verschiedenen Ländern, die beiden haben nicht nur ihren Job gekündigt, sondern auch ihre Wohnung und wissen noch gar nicht, wohin es sie in Deutschland verschlagen wird, wenn sie wieder zurück sind. Alle Karten werden neu gemischt. Ich zumindest freue mich schon auf meine schöne Wohnung, wenn ich wieder zurück bin. Übrigens habe ich festgestellt, dass im Hostel megaviele megahotte Typen sind. Auch viel mehr Typen als Mädels, die allein reisen. Die meisten Mädels sind entweder in einer Gruppe oder als Pärchen unterwegs. Und sie sind schätzungsweise alle Mitte zwanzig, aber ich erzähle hier einfach allen, dass ich Anfang dreißig bin, dann passt das auch irgendwie wieder. Am dritten und letzten Abend war ich mit einer Gruppe von lauter jungen Mädels unterwegs, was auf jeden Fall ziemlich witzig war. Man merkt schon teilweise die Unterschiede im Verhalten und bei den Gesprächsthemen, aber ich weiß gar nicht, ob denen so bewusst war, dass ich schon so alt bin. Mein Vorteil ist, dass ich nicht so alt aussehe und tatsächlich für Anfang dreißig durchgehen könnte. Zumindest haben mir das schon sehr viele Leute gesagt (und nicht nur Männer, die mich anmachen wollten). Ich konnte mich auch schon immer in verschiedenen Gruppen sehr gut einfügen. Ich bezeichne mich selbst als soziales Chamäleon. Ich bin ziemlich offen und unterhalte mich gern mit unterschiedlichen Leuten, auch mit jenen, die etwas anders sind als ich, und frage interessiert nach. Ich habe mich einmal vor ein paar Jahren einen ganzen Abend lang hervorragend mit einer Gruppe von Rollenspielnerds verstanden, die mir ganz lebendig von ihren unterschiedlichen Rollenspielerfahrungen inklusive diverser Kostümveranstaltungen erzählt haben, und ich habe tatsächlich fasziniert zugehört und fand das sogar interessant. Soziales Chamäleon eben. Das gilt nur nicht für Franzosen. Ich mag irgendwie keine Franzosen, und das hat sich wieder einmal bestätigt. Am zweiten Tag im Hostel kam eine ganze französische Gruppe, bestimmt zehn Leute, haben sich an den Tisch dicht neben mich gedrängt, noch nicht mal Hallo gesagt, dann den Tisch mit ihrem mitgebrachten Essen vollgepackt und sich schön auf Französisch lautstark unterhalten, sodass alle ringsum raus waren. Im anderen Gemeinschaftsraum haben sie ihr ganzes Gepäck großflächig verteilt, sodass man hier auch nicht ausweichen konnte. Abends dann dasselbe mit einem Kartenspiel. Der letzte Abend mit den jungen Mädels war auf jeden Fall sehr nett und es war eine tolle Erfahrung, mal wieder ganz verschiedene neue Leute innerhalb kürzester Zeit so ungezwungen kennenzulernen. Sehr viele nette Gesprächspartner. Trotzdem habe ich hier jetzt zum ersten Mal wirklich sehr meine Freundinnen vermisst und mir gewünscht, dass ich sie herzaubern könnte. Der beste Ort auf der Welt ist einfach mit deinen besten Freundinnen noch zehntausendmal schöner.

Die drei Tage in Quito waren insgesamt toll, eine zwar nicht wirklich schöne, zudem dreckige und laute, aber dafür sehr interessante und beeindruckende Stadt. Beeindruckend schon durch die Lage und die Daten: Quito liegt in einer Höhe von 2850 Metern, ist damit die höchste Hauptstadt der Welt und liegt zwischen mehreren Berggipfeln der Anden, die teilweise spektakulär von Nebelschwaden verhangen sind, was echt toll und etwas mystisch aussieht. Man hat von verschiedenen Punkten aus eine wirklich fantastische Aussicht auf die besondere Umgebung und Umrisse der Stadt. Das beste war, mit dem Telefériqo, einer Gondelbahn, auf den Berg Pichincha auf über 4500 Meter hochzufahren und von dort aus den Ausblick auf die Stadt zu genießen. Hier steht auch eine Schaukel auf dem Berg am Abhang, was ein perfektes Fotomotiv ist. Es sieht dann so aus, als würde man im Himmel schaukeln, und ganz weit unter einem ist die ewig weit entfernt Stadt im Tal. Allein die steile Gondelfahrt wäre es schon wert gewesen mit der Aussicht. In Quito selbst habe ich die Höhe nicht gemerkt, aber auf dem Berg oben war mir schon teilweise schummrig im Kopf. Man fühlt sich irgendwie dizzy. Ich habe einen Cocatee getrunken, natürlich nur, weil dieser gegen die Höhenkrankheit wirken soll.

Für die Stadt Quito selbst reichen meines Erachtens drei Tage vollkommen aus, und ich bin froh, dass meine Reise jetzt weitergeht. Abends leeren sich die Straßen ziemlich schnell, und man fühlt sich bei Einbruch der Dämmerung nicht mehr so wohl allein und geht schnell ins Hostel zurück. Man wird auch die ganze Zeit, sogar von den Einheimischen, vor Taschendieben gewarnt, vor allem, wenn man gerade sein Handy in der Hand hält. Weil ich nicht an einem Wochenende hier war, kann ich leider nicht abschätzen, ob die Straßen und Bars dann voller sind und mehr Party tobt, aber ich habe leider nichts davon mitbekommen. Die Umgebung hätte ich allerdings gern noch mehr erkundet, es gibt superviele Touren und Tagesausflüge, die man machen kann, alleine schon eine Drei-Tages-Tour durch den Amazonas. Ich werde also wiederkommen und habe meine nächste große Reise gedanklich schon fast mit Ecuador und Peru verplant.

Nächster und letzter Stopp in meiner Auszeit: México (Ayayaaaayyyyyy)!!!

# 5. Station: Mexiko

<u>Weihnachten unter Palmen</u>

Ich wünsche allen ein frohes Weihnachtsfest! Ich bin das erste Mal in über 40 Jahren nicht Weihnachten bei meiner Familie in Deutschland. Und dazu das erste Mal Weihnachten unter Palmen. Mega strange. Ich muss auch gestehen, dass bei mir in den letzten Tagen noch überhaupt keine Weihnachtsstimmung aufgekommen ist. Es ist einfach surreal, dass Weihnachten vor der Tür steht. Das ist irgendwie so komisch, diesen Feiertag im Sommer zu verbringen, wenn es heiß ist und man am Strand liegt; ich verbinde Weihnachten mit Kälte, Schnee und Weihnachtsmärkten, Glühwein und Geschenkeeinkaufsstress. Gott sei Dank muss ich Weihnachten aber nicht allein feiern, sondern werde den Großteil der letzten Station meiner Auszeit mit meiner Schwester, ihrem Freund und meinem Neffen verbringen, die in Mexiko ihre Elternzeit genießen. Der Empfang von den beiden am Ankunftsabend (mein Neffe war leider schon im Bett) nach der langen Reise war schon richtig toll mit Nachos, Guacamole und Sektchen, und ich habe mich mega gefreut, alle zu sehen. Am Weihnachtstag sind wir morgens am Meer frühstücken gegangen, haben danach Family-Shooting mit unseren Weihnachtsmützen gemacht, waren den Rest des Tages am Hotelpool, und abends gab es Bescherung im Hotelzimmer und ein tolles Abendessen in einem schicken Restaurant, auch am Strand. Bei der Bescherung kam doch ein bisschen Weihnachtsfeeling auf, und ich habe von meiner Familie ein besonderes Geschenk zum Anlass meiner Reise bekommen: einen Flachmann mit einem personalisierten Print zu meiner Auszeit auf der Vorderseite. Damit hatte ich überhaupt nicht gerechnet, und ich habe mich mega gefreut! Ich habe einfach die beste Familie!

### México und Playa del Carmen

Die Zeit ist superschnell verflogen in den letzten vier Wochen in Playa del Carmen, und ich habe nur noch eine Woche in Mexiko, bis mein Rückflug ins kalte Deutschland geplant ist. Es ist eigentlich nicht viel passiert. Ich habe gefühlt nicht viel unternommen und mich einfach treiben lassen und doch waren unglaublich viele schöne Eindrücke und Momente dabei.

Das einzige, was ich aktiv gemacht habe, war eins meiner großen Ziele dieser Auszeit: Ich habe mich tatsächlich getraut und den Open-Water- und den

Advanced-Open-Water-Tauchschein gemacht! Das wollte ich schon seit Jahren machen und habe es mich nie getraut. Ich habe große Angst vor Haien (ich nehme an, es kommt daher, dass ich als Kind bzw. Teenager zu oft den Film „Der weiße Hai" mit meinem Papa angeschaut habe). Auf jeden Fall fühle ich mich immer latent unwohl, zu weit ins offene Meer zu gehen, auf dem offenen Meer vom Boot zu springen und generell immer, wenn man den Grund nicht mehr sehen kann und was unter Wasser so lauert. Andererseits liebe ich Strände und das Meer, ich liebe Schnorcheln und habe schon immer gedacht, dass das Tauchen bestimmt auch etwas für mich ist und mir total Spaß machen würde – wenn da diese Angst nicht wäre. Und genau deswegen habe ich eigentlich schon vor Jahren beschlossen, meiner Angst durch das Tauchen zu begegnen, in der Hoffnung, dass sich diese dann in Luft (bzw. in Wasser) auflöst. Die Tauchscheine wurden mir dadurch erleichtert, dass mein Schwager in spe bei demselben Tauchcenter in Playa del Carmen parallel seinen Dive Master gemacht und somit erstens alles für mich organisiert hat und auch bei den einzelnen Tauchgängen immer an meiner Seite war. Dadurch hatte ich ein sehr sicheres Gefühl und zwei große Männer mit meinem

Schwager und meinem Tauchlehrer an meiner Seite – perfekt! Der Hai wird ja wohl zuerst die großen Männer fressen, außerdem verstecke ich mich natürlich clever in der Mitte. Und wie erhofft, habe ich das Tauchen nach kleinen Anfangsschwierigkeiten sehr genossen. Das Atmen unter Wasser mit dem Regulator ist am Anfang gewöhnungsbedürftig, und ich hatte etwas Panik die ersten ein, zwei Male, aber das hat sich schnell gelegt. Und das Tauchen ist einfach toll. Die beeindruckendste Erfahrung bei den ersten Tauchgängen war für mich, die Wasseroberfläche so hoch über mir zu sehen, und auch, als Fische zum ersten Mal über mir geschwommen sind. Das war wahnsinnig besonders. Ich war sehr stolz auf mich, nachdem ich die Tauchscheine erfolgreich absolviert habe, das hat sich für mich angefühlt wie ein Meilenstein. Bisher habe ich nach den Pflichttauchgängen für die Tauchscheine schon drei weitere freiwillige Tauchgänge gemacht, und wir haben einen riesigen Adlerrochen gesehen (der sah aus wie ein sich bewegender Teppich), einen riesigen Hummer, der komplett aus seiner Höhle gekrochen ist, einen Riffhai, eine Meeresschildkröte, Moränen und riesige Fischschwärme mit vielen Hunderten Fischen, was mich tatsächlich am meisten beeindruckt hat. Eine riesige

Traube von Hunderten einzelnen Fischen, die dicht gedrängt im Wasser einfach dahintreiben oder sich gleichzeitig und simultan fortbewegen. Der Riffhai war etwas weiter weg und ist unbeeindruckt weitergeschwommen, daher war das noch okay, und ich bin nicht ausgeflippt. Und ich habe auch schon meinen ersten Tauchgang mit meiner Schwester als meinen Tauch-Buddy gemacht, was sehr toll war. Ist irgendwie schon cool, wenn man so eine gemeinsame Aktivität hat und das zusammen erleben kann. Es werden definitiv noch weitere Tauchgänge in diesem Urlaub folgen. Nächstes Ziel ist ein Tauchgang in Gebieten mit mehreren Haien. Wie gesagt, wenn ich mir etwas vorgenommen habe, dann richtig.

Was kann man über Playa del Carmen sagen? Die Stadt ist irgendwie faszinierend und schrecklich zugleich. Wahrscheinlich bin ich auch einfach mittlerweile etwas zu alt für diese Stadt. Wir hatten Gott sei Dank ein Superhotel mit einem großen Appartement zu viert (ich hatte sogar mein eigenes Bad) und einer tollen Dachterrasse mit Pool und Meerblick, auf der wir auch sehr viel Zeit verbracht haben. Auf der Terrasse gab es eine Bar mit kühlen Getränken und Snacks – perfekt. Ich war in der ganzen Zeit nur einmal am Strand, muss ich zu meiner Schande gestehen. Das liegt zum einen daran, dass die Beachclubs super teuer sind, und zum anderen daran, dass die Strändemega überlaufen sind und immer noch das Problem mit dem Seegras besteht. Vor zwei Jahren war ich schon einmal in Tulum gewesen, und da war das Problem mit dem Seegras gerade erst aufgekommen und unerträglich. Das ehemals traumhafte türkisblaue Meer mit dem weißen Sandstrand war nur noch eine braune Suppe, die nach faulen Eiern gestunken hat, und das braune Seegras hat sich als Abfall am Strand getürmt. Das ist mittlerweile schon viel besser geworden, aber immer noch ist das Problem nicht ganz weg, und es weht ab und zu ein fauliger Geruch zu einem. Die Hotels und die Städte bemühen sich zwar sehr und kehren mehrmals am Tag das Seegras weg, aber die Natur kann man eben nicht komplett umgehen. Am Pool war es dafür umso schöner mit Poolbar und netten Leuten, mit denen man einfach ins Gespräch gekommen ist. Aber kommen wir zur Stadt zurück. So wie die Stadt ist, so stelle ich mir ungefähr Disneyland in den USA vor. Es gibt eine große langgezogene Straße, die 5th Avenue, die Playa del Carmen einmal durchzieht und auf der sich das Leben abspielt. Die Straße ist vor allem abends komplett überfüllt, und es ziehen Tausende von Menschen vorüber, es reihen sich Hotels, Restaurants und Bars an Souvenirshops, und vor jedem einzelnen Laden stehen Verkäufer, die einen überzeugen wollen, in ihren Laden zu gehen. In jedem Restaurant und in jeder Bar wird überlaut Musik gespielt, auch viel Live-Musik, und man hört durchgängig immer mehrere Musikrichtungen wild durcheinander. Sobald man denkt, ein einigermaßen ruhiges Restaurant gefunden zu haben und sich hingesetzt hat, kommt eine mehrköpfige Mariachi-Band oder eine Streetdance-Gruppe, die in Überlautstärke ihre Künste zum Ausdruck bringen und danach Geld für ihre Vorführung wollen. Das war schon unser Running Gag, dass immer genau dann eine Musikgruppe kommt, wenn wir uns mit dem Baby irgendwo hingesetzt haben und mein Neffe endlich eingeschlafen war. Zudem ist alles fest in amerikanischer Hand, man kann überall in Dollar zahlen, es sind super viele Geldautomaten, an denen man nur Dollar bekommt, die Preise sind überteuer, und in den Restaurants werden 20 Prozent Trinkgeld erwartet. Das steht sogar teilweise auf der Rechnung, und wenn man weniger gibt, werden die Kellner ziemlich unleidlich. Man geht also durch die 5th Avenue und kann einfach nur jedes Mal wieder von Neuem staunen, alle

Sinne werden komplett überreizt, und man kann gar nicht alles erfassen von den ganzen Musikbands, Farben, Plakaten, Künstlern und Gogo-Dancern. Schon auch ziemlich faszinierend, aber wahrscheinlich nicht mehr Ziel meiner künftigen Reisepläne. Ich hatte auch schon Befürchtungen, dass es in der ganzen Stadt kein authentisches mexikanisches Essen gibt, sondern nur Texmex für Touristen, aber in dieser Hinsicht wurde ich komplett zufrieden gestellt, ich habe meine heißgeliebten Tacos al Pastor und Queso Fundido zur Genüge bekommen, mit dem originalen Geschmack aus meiner Erinnerung an Mexiko-Stadt. Es gibt in den Regionen Quintana Roo und Yucatán auch superviele tolle Ausflugsziele, und man kann der Stadt sehr einfach entfliehen. Die verschiedenen Ausflüge würde ich sowieso jedem empfehlen, weil die mexikanische Halbinsel abwechslungsreich ist und wirklich viele schöne, faszinierende und besondere Ecken hat. So haben meine Schwester und ich inklusive Neffen einen Tagesausflug gemacht nach Tulum zu der Mayaruine oben am Abhang zu einer Strandklippe, zu der Coba-Pyramide im Dschungel, die man vor einigen Jahren noch selbst besteigen konnte und jetzt leider nicht mehr, und zu einer unterirdischen Grotte, die in Yucatán so bekannt ist und in der man im Süßwasser schwimmen kann. Ich habe mich einen Tag abgekapselt und bin mit einer fremden Reisegruppe zu den pinken Seen (Las Coloradas) im Norden Yucatáns gefahren. Die Seen sind tatsächlich pink! Die Farbe haben sie aufgrund bestimmter Mineralien und sieht einfach nur fantastisch aus. Ich hatte mich natürlich auch in Rosa gekleidet, um das perfekte Fotomotiv zu bekommen. Nach den pinken Seen sind wir in Rio Lagartos mit einem Boot zu einer Flamingokolonie und zu einer Sandbank gefahren, auf der man sich mit anscheinend heilsamen Mayaschlamm einreiben konnte, das wie eine Art Peeling wirkt. Bei so etwas muss man mich nicht lange fragen, da mache ich sofort mit und habe mich natürlich von oben bis unten mit dem schlammartigen Sand eingerieben, der nach Schwefel gestunken hat. Aber wenn man mir sagt, dass es schön macht …

Der allerbeste Ausflug war aber mit meiner Schwester ein Tagestrip auf einem Partykatamaran von Cancún aus zu den Isla Mujeres. Das hatte meine Schwester sozusagen als kinderfreien Ausgleichstag von ihrem Freund „geschenkt" bekommen, weil er seinen Dive Master machen durfte. Das war einfach der allerschönste, perfekteste Tag. Man muss dazu sagen, dass meine Schwester und ich noch nie einer Party abgeneigt waren. Tatsächlich zählt das auch zu einem meiner wenigen Hobbys. Und ja, ich finde, dass das ein Hobby ist. Wenn man als Definition nimmt, dass ein Hobby regelmäßig sein muss und etwas, dass man sehr gern und freiwillig macht, trifft das zu 100 Prozent zu. Eigentlich bei mir mehr als sonst irgendetwas anderes. Eventuell ist das auch mein einziges Hobby, bis vielleicht noch Freunde treffen, aber das ist ja im ersten Hobby inkludiert. Ich liebe Partys! Und meine Schwester genauso, da hat auch ihr neues Dasein als Mutter Gott sei Dank nichts daran geändert. Nur die Gelegenheiten sind bei ihr eben weniger geworden. Wir kommen aus einer kleinen Stadt in Mittelfranken, die zwar offiziell als Großstadt zählt, weil sie knapp über 100.000 Einwohner hat, sich aber eigentlich eher als Dorf anfühlt. In unserer Jugendclique wurde immer schon sehr viel gefeiert, also sind wir irgendwie so aufgewachsen. Mein Ex hat irgendwann mal gesagt, dass man uns Mädels zwar aus unserer Stadt rausbekommt, aber unsere Stadt nicht aus uns Mädels. Ich zitiere ihn damit immer noch oft, weil das einfach treffend ist. Auf jeden Fall waren wir am Anfang etwas enttäuscht, als wir die „Party Crew" gesehen haben, wir haben irgendwie viele Amis erwartet, die schon besoffen aus dem Boot kommen und mit denen man richtig ausgelassen feiern kann. Stattdessen waren viele mexikanische Familien, mexikanische Pärchen, ein russisches Pärchen mit zwei jugendlichen Kindern, drei Musliminnen mit Kopftuch und ein Mann mit Blindenstock an Bord. Wir dachten schon, na toll, das wird ja wohl keine große Party geben und eher langweilig. Aber, wie so oft im Leben, sollte man keine Vorurteile haben und alles einfach auf sich zukommen lassen. Am Ende hatte ich einen der besten Tage meines Lebens, und ich weiß wieder, warum ich die Mexikaner einfach liebe. Die Mexikaner lieben Party und wissen, wie man feiert. Alle haben Party gemacht, den ganzen Tag getrunken, auf dem Deck getanzt und laut mitgegrölt und mitgesungen zu der Partymusik – okay, bis auf die Musliminnen und den Blinden. Von der mexikanischen Großmutter, die sich auch vom Skipper hat Tequila in den Mund schütten lassen, zu dem russischen Papa, der wild mitgetanzt hat und mit uns über seinen Tanzstil lachen musste. Alle waren super aufgeschlossen und neugierig auf die zwei deutschen Schwestern, und die ganze Partycrew war wie eine feiernde Einheit. Sogar geknutscht habe ich am Ende, als wir alle schon betrunken waren und ich und ein Typ

Mitte zwanzig von allen angefeuert wurden, dass er mich küssen soll. Und weil ja eines meiner Lebensmottos ist „Warum eigentlich nicht?", habe ich mir das natürlich nicht entgehen lassen. Der konnte aber auch wirklich gut küssen. Ich habe den Tag sehr genossen, mit meiner Schwester auf einem Katamaran mit viel Sonne, Meer, toller Musik, viel Tequila und tollen Leuten den ganzen Tag getanzt, gelacht, das Leben gefeiert und es uns gutgehen lassen – ein perfekter Tag.

Es war eine gute Idee, die letzte Etappe meiner Auszeit mit meiner Schwester, meinem Schwager in spe und meinem Neffen zu beginnen – so gut, dass wir sogar wahrscheinlich noch die komplette restliche Zeit in Mexiko zusammen verbringen werden. Wir hatten das Hotel in Playa del Carmen erst mal nur für drei Wochen gebucht und wollten spontan überlegen, wohin wir danach noch reisen wollen und auch, ob wir zusammen weiterreisen oder nicht. Je nachdem, worauf jeder Lust hat. Ich hätte anfangs ehrlicherweise nicht gedacht, dass ich nach drei Wochen Family Time inklusive Baby immer noch Lust auf weitere Zeit zusammen habe, sondern eher, dass ich am Ende dann noch etwas Zeit für mich oder wieder etwas mehr Partyleben mit anderen Reisenden haben will. Aber es macht wirklich Spaß mit den dreien. Erstens genieße ich die Quality-Zeit mit meinem Neffen. Es ist wirklich wertvoll, mal so viel Zeit am Stück zusammen verbringen zu können, normalerweise ist die gemeinsame Zeit immer nur auf ein Wochenende beschränkt, weil wir nicht in derselben Stadt in Deutschland wohnen, und das ist einfach immer viel zu wenig. Eigentlich habe ich meinen Neffen gefühlt erst hier so richtig kennenlernen dürfen. Und ich bin wirklich supergern Tante. Es waren sogar ein paar Premieren dabei: Windeln wechseln (ich habe mich bei meinen anderen beiden Neffen immer strikt geweigert und konstant darauf hingewiesen, dass das nicht Bestandteil der Job Description einer Tante ist) und Babysitten. Das hat sogar ganz gut funktioniert, außer, dass ich alle fünf Minuten panisch nachgeschaut habe, ob der Kleine nicht im Schlaf erstickt, wenn man keinen Laut mehr über das Babyfon gehört hat. Es war unglaublich süß, als der Kleine nach einiger Zeit schon ganz vertraut mit mir war und sich an mich gewöhnt hat. Das werde ich definitiv vermissen. Zum Zweiten liebe ich meine Schwester. Sie gehört zu meinen besten Freundinnen, und wir sind uns in vielen Sachen ähnlich. Und so viel Zeit wie hier hatten wir schon lange nicht mehr zusammen. Und drittens sind die beiden, also meine Schwester und mein Schwager in spe, sehr entspannt, und wir haben ungefähr dieselben Vorstellungen von einem Urlaub. Wir verbringen die Zeit viel zusammen, aber sowohl meine Schwester als auch mein Schwager gewähren sich gegenseitig ihren Freiraum und ihre „Ausgänge" ohne Baby, wovon ich natürlich immer profitiere, wenn ich zum Beispiel mit meinem Schwager den Tauchschein mache oder mit meiner Schwester feiern gehen will, was wir schon öfter hier getan haben. Silvester haben wir in einer Strandbar mit Live-DJ reingefeiert, mein Schwager ist mit Baby um kurz nach Mitternacht zurück ins Hotel, und meine Schwester und ich haben bis morgens um 5 Uhr gefeiert, inklusive barfuß im Sand tanzen. Das war ein fantastischer Abend. Ich bin von den dreien komplett unabhängig und kann tun und lassen, was ich will. Auch wenn das mit Baby natürlich ein ganz anderer Urlaub ist als sonst, aber es ist mal eine schöne Abwechslung, und mit den gegenseitigen Auszeiten gleicht sich das ganz gut wieder aus. Und ich muss sagen, dass für mich entspannter ist, einen Teil meiner Reise in Begleitung von Freunden und Familie erleben zu können, anstatt alle paar Tage immer neue Leute kennenzulernen, mit denen man den sich immer wiederholenden Smalltalk führen würde. Weil wir nach Playa del Carmen noch ungefähr dieselben Orte auf der Agenda hatten, haben wir also beschlossen, zusammen weiterzureisen.

Weil in Cozumel das schönste Tauchgebiet ganz Mexikos sein soll und wir alle einen Tauchschein haben, sind wir für zwei Nächte von Playa del Carmen nach Cozumel weitergezogen. Wir hatten insgesamt drei Tauchausflüge geplant, sodass jeder mal mit jedem tauchen konnte. Leider hat uns das Wetter einen Strich durch die Rechnung gemacht, und die ersten beiden Tauchausflüge wurden gecancelt. Der dritte hat aber stattgefunden, und hier bin ich mit meiner Schwester zusammen getaucht. Das Riff war super erhalten und hat einem wahren Labyrinth geglichen mit vielen Verwinklungen und höhlenartigen Durchgängen, durch die wir teilweise geschwommen sind, was sehr beeindruckend war. Die Insel allerdings war überhaupt nicht meins, und ich liebe normalerweise alles an Mexiko. Okay, das Wetter war schlecht, und man kennt das ja, bei schlechtem Wetter ist auch alles schlecht, und wenn die Sonne scheint, ist alles plötzlich viel toller und schöner. Aber die Insel hatte aus meiner Sicht überhaupt nichts Spannendes oder Schönes. Der Stadtkern war wie ausgestorben, die Geschäfte nichtssagend und keine

Restaurants oder Bars, in die man unbedingt gern reingegangen wäre. Es kann natürlich auch sein, dass man hier die Folgen der Coronapandemie noch extrem gespürt hat, weil viele Läden so aussahen, als ob sie für immer geschlossen hätten. Es gibt viele, die ihren ganzen Tauchurlaub hier verbringen, aber ich könnte nicht nur wegen des Tauchens meinen gesamten Urlaub auf einer Insel verbringen, die mich sonst so wirklich überhaupt nicht interessiert. Ich war dementsprechend froh, dass wir nach den zwei Tagen zu unserem nächsten Stopp weitergezogen sind.

## Abschluss in Mahahual

Nach vier Stunden Busfahrt sind wir in Mahahual gelandet. Wir haben nicht genau gewusst, was uns erwarten würde. Meine Schwester hatte Mahahual im Internet entdeckt und mir hatte das ein Niederländer in Quito als Geheimtipp empfohlen , der supernett und immer bekifft war. Die haben ja meistens einen ganz guten Geschmack. Was für ein süßes Örtchen! Mahahual ist ein kleines Dörfchen mit einer langen Promenade am Strand (das hatte bisher gefehlt), vielen Strohdächern, feinem hellem Sandstrand, türkisblauem Meer mit einem Riff vor der Haustür, vielen Palmen, die den Strand säumen und Schatten spenden, und kleinen Fischerbötchen, die in Reih und Glied im Meer ankern – traumhaft! Es erinnert uns sehr an Holbox, wo es auch ähnlich süß und klein und paradiesisch ist. Hier steht die Zeit gefühlt still, und der Rhythmus ist hier definitiv langsamer. Es ist ziemlich wenig los, was angesichts ankernder Kreuzfahrtschiffe im Norden des Ortes etwas komisch anmutet. Aber anscheinend werden diese Massen woanders hingeleitet, sodass der erwartete Menschenansturm an der Promenade ausbleibt. Was für eine Erholung nach Playa del Carmen. Wir haben auch wieder ein großes Apartment für uns alle zusammen (ich habe wieder ein eigenes Bad), in einem Hotel am Strand, und unser Balkon hat einen unglaublichen 180-Grad-Meerblick – Wahnsinn! Ich kann mich gar nicht daran erinnern, ob ich schon jemals so einen tollen Meerblick von einem Balkon aus hatte. Uns allen war schon bei der Ankunft unausgesprochen klar, dass wir verlängern und statt den drei Nächten, die wir geplant hatten, bis zum Rest unseres Urlaubs hier bleiben würden. Bacalar, der See mit den sieben Farben, stand noch auf unserer Route, den haben meine Schwester und ich als Tagesausflug gemacht, was auch die richtige Entscheidung war. Der See ist traumhaft schön und hat wirklich viele verschiedene Farben von hell-türkisblau bis smaragdgrün, allerdings fehlt hier ein schöner Ortskern, und was ist ein See schon im Gegensatz zum karibischen Meer?

Und in Mahahual kam es dann zu meinem riesigen Highlight meines Mexikoaufenthaltes: Ich bin tatsächlich mit Haien getaucht!!! Was wir vorher nicht wussten, war, dass eine Bootsstunde von Mahahual entfernt das zweitgrößte Riff der Welt liegt – Banco Chinchorro – und es hier viele Ammenhaie gibt. Mein Schwager war einen Tag da tauchen und hat mich und meine Schwester danach bestärkt, dass wir das auch unbedingt machen müssen. Ich war mir zuerst nicht sicher, weil ich eigentlich gedanklich mit dem Tauchen nach Cozumel für diese Auszeit schon abgeschlossen hatte. Ich hatte zwar noch keine Haie direkt in nächster Nähe gesehen, aber das hatte ich dann als ein gutes Zeichen des Schicksals verbucht. Ich hatte immer noch etwas Angst bei der Vorstellung, aber nachdem die beiden auf mich eingeredet haben, dass es eine einmalige Gelegenheit ist, habe ich mich aufgerafft. Und mein Gott, bin ich froh, dass ich das gemacht habe! Das war einfach unglaublich, und weil ja mein Ziel war, meine Angst vor Haien zu überwinden, war das tatsächlich der krönende

Abschluss meines Tauchvorhabens. Das Riff war spektakulär, unglaublich viele besondere Formationen und Farben, interessante Fische, eine unglaublich große Riesenschildkröte, ein riesiger Stachelrochen, und ständig vier bis fünf Ammenhaie, die um uns herumgeschwommen sind und sich sehr neugierig immer weiter angenähert haben. Das Komische war, dass ich, sobald ich unter Wasser war, plötzlich überhaupt keine Angst mehr verspürt habe. Vielleicht war es die Tatsache, dass ich mich gedanklich darauf schon in den letzten Wochen vorbereiten konnte, oder die konstante Versicherung des Tauchguides, dass die Haie sehr friedlich sind und nichts machen, aber ich war vom ersten Anblick an bis zum ersten Zusammentreffen, als der Hai direkt auf mich zugeschwommen und mich etwas gestreift hat, sehr ruhig. Okay, als der Hai ganz nah frontal an meinem Gesicht war, habe ich kurz erschreckt eingeatmet und die Hände vors Gesicht geschoben, aber nachdem der Hai sich abgewendet hat und ich hinter ihrer Tauchmaske das schockierte Gesicht meiner Schwester sah, musste ich etwas losprusten. Kurze Anmerkung: Lachen unter Wasser mit dem Atemschlauch ist keine gute Idee. Gott sei Dank haben wir uns wieder schnell eingekriegt, meine Schwester und ich sind bekannt für Lachflashs in unpassenden Momenten. Ich habe einfach diese unglaubliche Erfahrung und dieses Wunder genossen. Manchmal sind die besten Ereignisse tatsächlich die ungeplanten. Und jetzt kann ich auch guten Gewissens sagen, dass ich mein Ziel für Mexiko vollumfänglich erreicht habe.

Die restliche Zeit haben wir uns entspannt und es uns richtig gut gehen lassen, uns in den an Pflöcken befestigten Hängematten im Wasser gesonnt, in Strandrestaurants gegessen und die Tage einfach faul am Strand gefrönt mit Massagen direkt am Meer. Lustigerweise hatte die Masseurin am letzten Tag bei einer einstündigen Relaxmassage ganz erstaunt zu mir gemeint, dass ich extrem verspannt im Nackenbereich sei, und mich gefragt, ob ich gerade sehr viel Stress habe. Ich musste schon fast lachen, weil man nach drei Monaten Auszeit ja schon mal sehr verspannt sein kann von dem ganzen Stress. Aber so einfach lassen sich anscheinend über zehn Jahre voller Überstunden und mentalem Druck nicht wegwischen. Die Massage hat auf jeden Fall sehr gut getan, und ich kann jedem nur empfehlen, sich einmal direkt am Strand im Freien massieren zu lassen. Mit der leichten Seebrise auf der Haut und dem Rauschen des Meeres im Hintergrund ist das wirklich ein sehr entspannendes und schönes Erlebnis.

Den letzten Tag vor dem Abflug haben wir in Cancún verbracht, weil von hier aus der Flug zurück nach Deutschland ging, und ich habe mir als kleines Souvenir noch ein Tattoo stechen lassen. Der Gedanke hatte sich schon in den letzten Wochen bei mir eingeschlichen. Ich hätte allerdings nie gedacht, dass das so kurzfristig klappt, vor allem, weil der endgültige Entschluss erst kurz vor Abflug kam, aber auch hier haben mich meine Schwester und mein Schwager bestärkt, doch einfach mal in ein Tattoostudio zu gehen und mich zu erkundigen. Man kann ja nichts verlieren. Und tatsächlich, ich habe am selben Tag noch einen Termin bekommen. Ist es nicht toll, so eine Familie zu haben, die einen immer in allen Vorhaben bestärkt, und auch etwas pusht, wenn man selbst noch zögert? Ich habe wirklich Glück mit den Menschen, die mich umgeben. Ich wollte schon immer ein Tattoo, eigentlich seit dem Teeniealter, und wusste nur nicht, was und wohin. Also habe ich es gelassen. Und nachdem ich jetzt so eine bedeutende Zeit meines Lebens auf der Galapagosinsel Isabela hatte und wenn man sich den Umriss der Insel bei Google Maps anschaut, war das Motiv klar. Und die

Stelle auch, und zwar eine, die ich verdecken und immer noch im Accounting arbeiten kann, wenn ich denn will. Die Schmerzen waren zwar sehr schlimm (es ist, als würde jemand mit einer scharfen Messerspitze die Haut langsam aufritzen), aber mein Neffe hat währenddessen teilweise meine Hand gehalten und mich angequiekt, was sehr hilfreich war. Und ich bin mit dem Ergebnis mehr als zufrieden. Jetzt habe ich also ein ewiges Souvenir meiner ganz persönlichen Auszeit, für immer mein ganz eigenes Motiv für Freiheit und Mut.

Nach diesem aufregenden letzten Tag und einem zünftigen sehr lustigen Abschiedsabend mit vielen Tacos und viel zu viel Tequila sind wir wieder im nassen kalten Deutschland gelandet.

Mich haben viele Leute gefragt, wie es mir damit geht, wieder zu Hause zu sein. Ich muss sagen, dass die drei Monate tatsächlich gereicht haben. Natürlich wäre es perfekter gewesen, erst im Frühling wieder nach Deutschland zu kommen, wenn es auch hier wieder wärmer gewesen wäre, andererseits habe ich jetzt einen Job zu suchen, und gutes Wetter würde davon nur ablenken und es schwieriger machen. Ich bin mir auch nicht sicher, ob ich so der Typ bin, der sechs Monate weg sein und nur verreisen kann. Ich denke, nach mehr als drei Monaten wird es immer schwieriger, sich in den Arbeitsalltag zu integrieren und in Deutschland wieder Fuß zu fassen. Ich hatte das schon einmal ähnlich nach meinem Erasmus-Studiumsjahr in Sevilla in Spanien, nachdem ich nach einem Jahr Feiern und Party zurück in Deutschland überhaupt nicht klar gekommen bin und auch fast ein Jahr gebraucht habe, um wieder normal zu werden. Auch habe ich mich einfach so wahnsinnig auf meine Heimat Frankfurt und auf meine Familie und Freunde gefreut. Am Flughafen bin ich mit Welcome-back-Schild und Prosecco von meinen Freundinnen überrascht worden, die sich allesamt den ganzen Tag und Abend freigenommen haben, um meine Rückkehr zu feiern. Und das haben wir dann auch das ganze Wochenende gemacht. Ich habe wirklich die besten Freundinnen!

Kurzer Exkurs:

Mit dem Typen, den ich anfangs erwähnt habe, den ich kurz vor der Auszeit kennengelernt habe, habe ich natürlich keinen Kontakt mehr. Wie eigentlich fast zu erwarten gewesen war. Der Kontakt wurde von seiner Seite aus sehr sporadisch, und die Antworten kamen sehr zeitverzögert, weshalb ich davon ausgehe, dass er jemanden in dieser Zeit kennengelernt hat. Wie schon gesagt, schlechtes Timing. Mir war ja klar, dass die Welt in den drei Monaten nicht stehenbleibt, trotzdem hat mich das echt traurig gemacht. Aber egal, es kommt immer alles so, wie es kommen muss. Das war vor der Auszeit von null auf hundert, und in dem Tempo wären wir beide auch ungebremst gegen eine Mauer gerast. Und wenn wir uns jetzt nicht mehr sehen, dann hat das seinen Grund und ist dann vielleicht auch ganz gut so. Next!

## Fazit

So, ich bin also zurück im kalten Deutschland. Ich habe 90 Tage in 5 Ländern auf drei verschiedenen Kontinenten und insgesamt 48,1 Tausend Kilometer hinter mich gebracht. Es ist alles auf Anfang, nichts ist festgeschrieben, und alles kann passieren. Jeden Tag des Lebens kann ich mich neu entscheiden und eine neue Richtung ausprobieren oder einschlagen. Das Leben fängt jeden Tag von Neuem an.

Was sind denn für mich die Erkenntnisse nach meiner Auszeit bzw., was kommt danach?
Erstens bin ich unendlich dankbar. Dankbar für meinen Mut, für meine Freunde und Familie, die mich in allem bestärken und unterstützen, für die vielen tollen Erlebnisse und Erfahrungen, die mir einfach keiner mehr nehmen kann. Ich habe noch nie so viele Regenbögen gesehen wie in den letzten Wochen in Mexiko. Regenbögen sind magisch und bedeuten für mich, dass alles nicht so schlimm ist und alles gut wird.
Interessant auch die Erkenntnis, dass ich wirklich nicht viel brauche im Leben. Ich habe jetzt drei Monate aus einem Rucksack gelebt und nichts großartig vermisst,

außer vielleicht mal die Auswahl an Kleidern und Schuhen. Zuhause angekommen beim Wiedereinräumen meiner ganzen Sachen in der Wohnung, die ich aufgrund der Zwischenmiete in den Keller geräumt hatte, war ich mit so viel Überfluss und Kram völlig überfordert.

Und die dritte und wichtigste Erkenntnis ist … Diese Frage kann ich noch nicht beantworten. Und ich glaube auch nicht, dass ich in den nächsten Wochen die Formel für mein Lebensglück finden werde. Der Weg der Lebensoptimierung wird sehr wahrscheinlich ein ständiger Prozess sein, wie der Weg, den ich schon seit einiger Zeit gehe und der noch lange nicht zu Ende ist. Ich werde mich auf die Suche begeben und erst einmal versuchen, den Spaß bei der Arbeit wiederzufinden. Ich muss überlegen, ob die Arbeit, für die ich ausgebildet bin und die ich in den letzten elf Jahren ausgeübt habe, auch wirklich das Richtige für mich ist oder ob ich mich neu orientieren sollte. Und Ausschau halten nach neuen Konzepten, die sich jetzt auch durch die Pandemie aufgetan haben, zum Beispiel zeitweise remote Arbeiten aus dem Ausland, Sabbaticalmodelle etc. Es sollte möglich sein, alle paar Jahre eine kleine Auszeit zu haben, ohne jedes Mal den Job kündigen zu müssen. Ich denke, das ist eine weitere wichtige Erkenntnis für mich.

Dass das definitiv nicht meine letzte Auszeit bzw. ein längerer Auslandsaufenthalt gewesen ist. Zwei Wochen Pauschalurlaub reichen mir allein einfach nicht (mehr). Ich will meinen eigenen Weg gehen, mich konstant hinterfragen, ob ich glücklich bin oder etwas verändern sollte und es dann einfach ändern. Natürlich nicht in jeder Sekunde des Lebens, aber im Großen und Ganzen. Das Leben ist einfach zu kurz für alles, was nicht glücklich macht!